LES AIGLES DÉCAPITÉES

TOME 10 - L'HÉRITIER DE CROZENC

SCÉNARIO : KRAEHN

DESSIN : PIERRET

Glénat

RÉSUMÉ DES ÉPISODES PRÉCÉDENTS

Hughes de Crozenc porte sur la conscience un TERRIBLE SECRET. Il sait ne pas être le véritable héritier de Crozenc, le fils de Renaud qui fut assassiné encore bébé dans son berceau. Malheureusement, l'homme qui jadis a commis le crime, Roger de Castelnau, s'en est confié à Ravenaud, un vassal rebelle d'Hughes.

Ravenaud, avec la complicité d'une bande de brigands, a décidé d'enlever le fils aîné de Roger pour l'obliger à avouer son crime, et par là même révéler au comte de Poitiers l'imposture d'Hugues. Ce dernier qui est sur ses traces, a découvert les intentions de Ravenaud et décide de courir prévenir Roger du danger qui menace son fils. Hélas il arrive trop tard et Roger, qui n'aime pas Hugues, le fait enfermer dans la crypte de Castelnau avant de suivre contraint et forcé Ravenaud et ses brigands de Poitiers.

Pendant ce temps Nolwenn, l'épouse d'Hughes, que celui-ci voudrait bien répudier pour les beaux yeux d'Alix et qui s'était enfuie avec Ravenaud, a réussi à fausser compagnie au chef des brigands à qui Ravenaud l'avait donnée en plus de l'or pour paiement de son aide. Malheureusement dans sa fuite elle s'est fait rejoindre par Torchecul, un des bandits qui lui a laissé la vie sauve à condition qu'elle le mène à l'or de Ravenaud caché quelque part dans la forêt des Murats.

Tous ces événements vous ont été contés dans les précédents épisodes de cette série :

« LA MARQUE DE NOLWENN » et « L'OTAGE ».

www.glenat.com

Dépôt légal : novembre 1998
Achevé d'imprimer en France en juillet 2006
par *Partenaires Book®*

UNE AUBE PARESSEUSE ET HUMIDE SE LÈVE SUR LES TERRES DE CASTELNAU, EFFLEURANT D'UNE LUMIÈRE BLAFARDE LE VIEUX CHÂTEAU SEIGNEURIAL...
V'LÀ TA PITANCE, BASTARD!
TOUS LES MATINS DEPUIS QUATRE JOURS C'EST LE MÊME RITUEL POUR LE PRISONNIER DE LA CRYPTE, QUE ROGER DE CASTELNAU A ORDONNÉ DE BIEN NOURRIR.
ET TOUS LES MATINS, SON GEÔLIER LUI POSE LA MÊME QUESTION QUI RESTE SANS RÉPONSE...
PA'CE QUE T'ES UN FAILLI BASTARD, HEIN? ON RACONTE QUE T'AS PRIS LA PLACE D'UN SEIGNEUR, ET SES TITRES ET SES TERRES. C'EST-Y VRAI?
EH BIEN! C'EST LÀ BONNE VÉRITÉ, BEAU SOURIRE. ÇA T'EN BOUCHE UN COIN, HEIN?
!?
BONDIOU! TU MANQUES PAS D'AUDACE, TOI!...
T'EN AURAIS PAS FAIT AUTANT À MA PLACE?
DAME NON! J'ME VOIS PAS DANS LA PEAU D'UN SEIGNEUR... CHACUN SA PLACE, ET LES VACHES SERONT BIEN GARDÉES!
1.

T'AS TORT. JE M'EN SUIS PAYÉ, DU BON TEMPS ! SI TU SAVAIS...
AH OUAIS !?
TOUS LES JOURS JE FAISAIS RIPAILLE. À MA TABLE IL N'Y AVAIT QUE BONNE CHÈRE ET BON VIN...
AH OUAIS ?
ET LES FEMMES ? T'AVAIS DES FEMMES ?
PFFF... AUTANT QUE JE VOULAIS. TOUTES LES FEMMES DU CHÂTEAU PAS TROP GASTÉES SONT PASSÉES PAR MA COUCHE...
CRÉ VIN DIEU !
AH OUAIS ?
BEN, MAINTENANT, C'EST FINI TOUT ÇA ! C'EST LA POTENCE QUI T'ATTEND, BEAU MERLE !
VOILÀ ENCORE BONNE VÉRITÉ ! CE QUI ME DÉSOLE LE PLUS, BEAU SOURIRE, C'EST QUE TOUT L'OR QUE J'AI AMASSÉ PENDANT CES ANNÉES SERA PERDU À TOUT JAMAIS...
?!
RESTÉ DANS LE NOIR, HUGHES SE DEMANDA SI LE POISSON MORDRAIT À L'APPÂT. UNE DEMI-JOURNÉE S'EST ÉCOULÉE QUAND IL ENTEND À NOUVEAU LA LOURDE DALLE QUI FERME LA CRYPTE CRISSER SUR LE SOL DE LA CHAPELLE...
DIS DONC, BEAU MERLE ! QU'EST-CE QUE T'AS VOULU DIRE, CE MATIN ?
SUR LES FEMMES ?
ME PRENDS PAS POUR UNE NIQUEDOUILLE ! JE PARLE DE L'OR !
AH ! L'OR ?...

EH BIEN ! PENDANT TOUTES CES ANNÉES OÙ J'ÉTAIS LE MAÎTRE DE CROZENC, J'EN AI PROFITÉ POUR LEVER MOULT IMPÔTS ET ÉCRASER LE BAS PEUPLE DE MAINTES TAXES...
J'AI PU AINSI AMASSER UN VÉRITABLE TRÉSOR !
AH OUAIS ?
ET COMME JE ME DOUTAIS QU'UN JOUR OU L'AUTRE MA FORFAITURE SERAIT DÉVOILÉE, J'AI ENTERRÉ L'OR EN DEHORS DU CHÂTEAU, DANS UN ENDROIT CONNU DE MOI SEUL...
LAS, JE N'AI PAS EU LE TEMPS DE M'ENSAUVER. MAINTENANT JE RISQUE LA PENDAISON, ET CET OR NE PROFITERA À PERSONNE...
AH OUAIS ?
AH OUAIS !!
BEN, HEU... J'AI DIT CE TANTÔT QUE J'ME VOYAIS PAS DANS LA PEAU D'UN SEIGNEUR, MAIS J'ME VERRAIS BIEN DANS CELLE D'UN RICHE BOURGEOIS DE LA VILLE ! ALORS SI TU M'DIS OUSQUE T'AS MIS TON OR, JE T'APPORTERAI BONNE CHÈRE ET BONS VINS TANT QUE TU SERAS CÉANS.
HA HA HA HA
!?
TU MANQUES PAS D'AIR, TOI ! **ÉCOUTE-MOI BIEN, TROUILLEFOU !** LA SEULE CONDITION POUR QUE TU VOIES UN JOUR LA COULEUR DE MON OR, C'EST QUE TU ME FASSES SORTIR D'ICI !
T... TE FAIRE SORTIR ?! C... C'EST TROP EXIGER ! JE RISQUE MA VIE !...
TU NE RISQUES RIEN. AVEC LA MOITIÉ DE MON TRÉSOR, TU POURRAS T'INSTALLER DANS UNE VILLE LOIN DU POITOU.
LA MOITIÉ ?
TU NE CROIS QUAND MÊME PAS QUE JE VAIS TOUT TE BAILLER ! IL ME FAUDRA À MOI AUSSI DES CLICAILLES POUR VIVRE ET ME FAIRE OUBLIER.
MMHM...
PENSE À L'OR, BEAU SOURIRE ! IMAGINE TOUT CE QUE TU POURRAS FAIRE AVEC...
3.

AU MÊME INSTANT, À DES LIEUES DE LÀ, NOLWENN ET TORCHE-CUL, HARASSÉS PAR QUATRE JOURS DE MARCHE INTENSIVE, ARRIVENT EN VUE DE LIMOGES...
CE BUTOR EST PLUS MALIN QUE JE NE L'AURAIS CRU. PAS UNE SEULE FOIS IL N'A RELÂCHÉ SA SURVEILLANCE. IL FAUT POURTANT QUE JE M'EN DÉBARRASSE !
NON ! ON N'Y VA PLUS !
!? ET POURQUOI NON ?
J'AIME POINT LES CITÉS. ON Y CROISE TROP DE SERGENTS D'ARMES OU DE GENS DU GUET. PIS, Y A MOULT MONDE DANS LES RUES, ET TU POURRAIS EN PROFITER POUR T'ENSAUVER...
VOYONS, MIGNONNET ! NE T'AI-JE PAS MONTRÉ DEPUIS PLUSIEURS JOURS GRANDE ARDEUR EN AMOR ?
MMHM...
CE N'EST QUE DANS GRANDE CITÉ QUE JE POURRAI VENDRE MON FERMOIR POUR ACHETER DE SOLIDES CHEVAUX ! IL NOUS FAUT MAINTENANT FAIRE ROUTE PRESTEMENT SI NOUS VOULONS RÉCUPÉRER SON OR AVANT RAVENAUD !
MMHM...
COMME À REGRET, TORCHE-CUL S'EST LAISSÉ ENTRAÎNER PAR NOLWENN ET, PEU DE TEMPS APRÈS, DANS LA RUE DE LA JUIVERIE EN BASSE VILLE DE LIMOGES...
LES PIERRES SONT BELLES ET IL EST FINEMENT CISELÉ, CERTES, MAIS JE T'EN OFFRIRAI PAS PLUS DE QUINZE LIVRES. C'EST MON DERNIER MOT.
4.

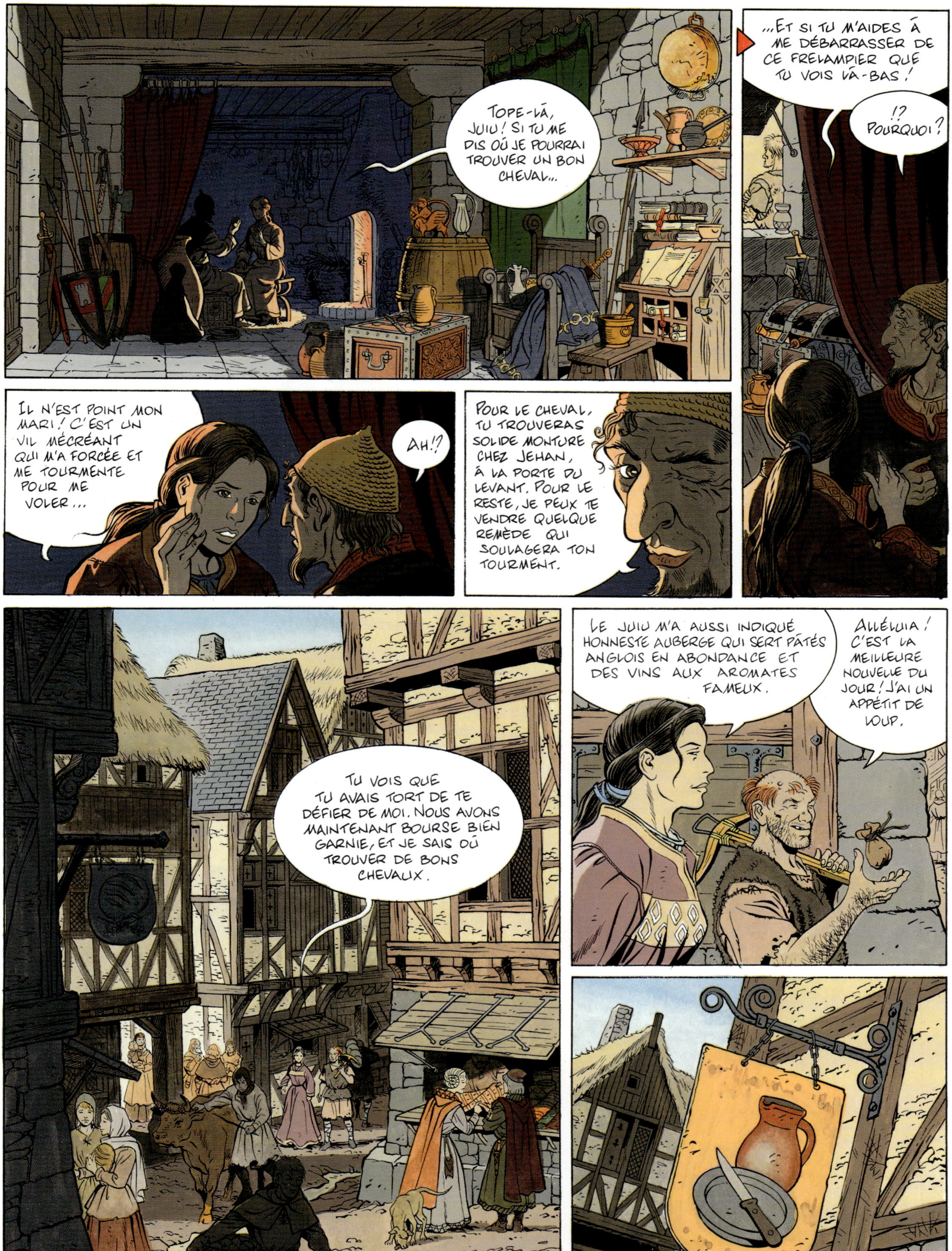
TOPE-LÀ, JUIU! SI TU ME DIS OÙ JE POURRAI TROUVER UN BON CHEVAL...
...ET SI TU M'AIDES À ME DÉBARRASSER DE CE FRELAMPIER QUE TU VOIS LÀ-BAS!
!? POURQUOI?
IL N'EST POINT MON MARI! C'EST UN VIL MÉCRÉANT QUI M'A FORCÉE ET ME TOURMENTE POUR ME VOLER...
AH!?
POUR LE CHEVAL, TU TROUVERAS SOLIDE MONTURE CHEZ JEHAN, À LA PORTE DU LEVANT. POUR LE RESTE, JE PEUX TE VENDRE QUELQUE REMÈDE QUI SOULAGERA TON TOURMENT.
TU VOIS QUE TU AVAIS TORT DE TE DÉFIER DE MOI. NOUS AVONS MAINTENANT BOURSE BIEN GARNIE, ET JE SAIS OÙ TROUVER DE BONS CHEVAUX.
LE JUIU M'A AUSSI INDIQUÉ HONNESTE AUBERGE QUI SERT PÂTÉS ANGLOIS EN ABONDANCE ET DES VINS AUX AROMATES FAMEUX.
ALLÉLUIA! C'EST LA MEILLEURE NOUVELLE DU JOUR! J'AI UN APPÉTIT DE LOUP.

5.

Voyons voir si ce vin égale le précédent !
Pouaah ! Infect !
!?
Ne bois pas ça, torche-cul, c'est une abomination ! Ce failli aubergiste va m'entendre !
SCHLRP
Tabernacle ! Qu'est-ce qu'il a, ce vin ?
Il est bon !? Qu'est-ce qui vous chagrine, gente dame ?
Il nous chagrine, aubergiste, que ce vin n'a pas l'heur de nous plaire. Mon mari, qui est client exigeant, en veut un autre.
Sois quiet ! Il a bourse pleine pour payer.
Dans ce cas...
6.
PIERRET.

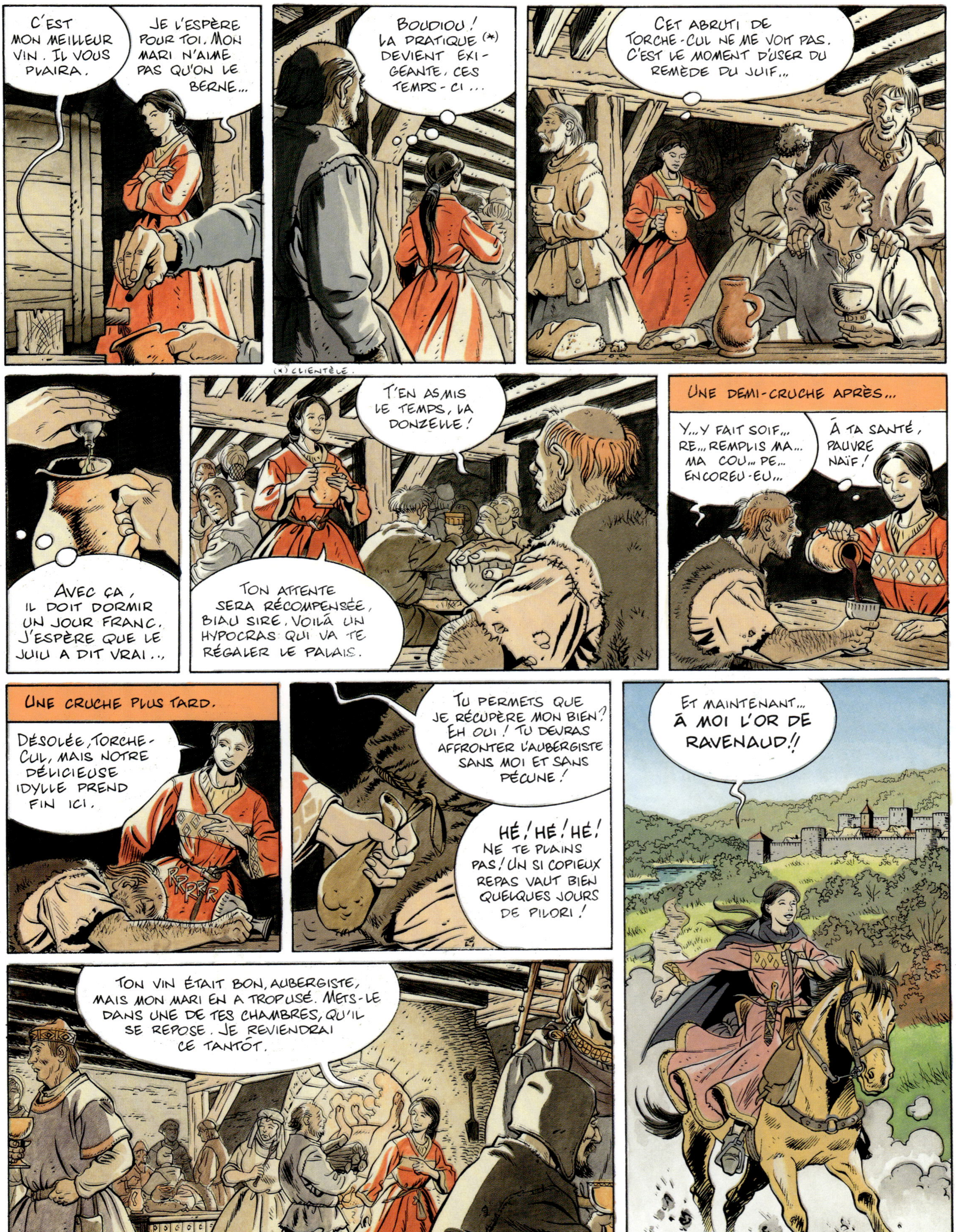
C'EST MON MEILLEUR VIN. IL VOUS PLAIRA.
JE L'ESPÈRE POUR TOI. MON MARI N'AIME PAS QU'ON LE BERNE...
BOUDIOU ! LA PRATIQUE (*) DEVIENT EXIGEANTE, CES TEMPS-CI...
CET ABRUTI DE TORCHE-CUL NE ME VOIT PAS. C'EST LE MOMENT D'USER DU REMÈDE DU JUIF...
(*) CLIENTÈLE.
AVEC ÇA, IL DOIT DORMIR UN JOUR FRANC. J'ESPÈRE QUE LE JUIF A DIT VRAI...
T'EN AS MIS LE TEMPS, LA DONZELLE !
TON ATTENTE SERA RÉCOMPENSÉE, BIAU SIRE. VOILÀ UN HYPOCRAS QUI VA TE RÉGALER LE PALAIS.
UNE DEMI-CRUCHE APRÈS...
Y... Y FAIT SOIF... RE... REMPLIS MA... MA COU... PE... ENCOREU-EU...
À TA SANTÉ, PAUVRE NAÏF !
UNE CRUCHE PLUS TARD.
DÉSOLÉE, TORCHE-CUL, MAIS NOTRE DÉLICIEUSE IDYLLE PREND FIN ICI.
RRRRR
TU PERMETS QUE JE RÉCUPÈRE MON BIEN ? EH OUI ! TU DEVRAS AFFRONTER L'AUBERGISTE SANS MOI ET SANS PÉCUNE !
HÉ ! HÉ ! HÉ ! NE TE PLAINS PAS ! UN SI COPIEUX REPAS VAUT BIEN QUELQUES JOURS DE PILORI !
ET MAINTENANT... À MOI L'OR DE RAVENAUD !!
TON VIN ÉTAIT BON, AUBERGISTE, MAIS MON MARI EN A TROP USÉ. METS-LE DANS UNE DE TES CHAMBRES, QU'IL SE REPOSE. JE REVIENDRAI CE TANTÔT.
7.

(*) ENVIRON 150 MÈTRES.

PA'CE QUE TROIS NOUS SERONS, BIAU SIRE!
!??
BEAU-SOURIRE? QUE SIGNIFIE?!? JE...
JE PRENDS MES PRÉCAUTIONS, MESSIRE HUGHES...
BÂTI COMME TU L'ES, TU AURAIS EU TÔT FAIT DE ME TAILLER EN PIÈCES À LA PREMIÈRE OCCASION POUR TE DÉBARRASSER DE MOI. AVEC GROS-MEMBRU SUR L'ÉCHINE, TU SERAS BIEN OBLIGÉ DE ME CONDUIRE À TON TRÉSOR SANS RECHIGNER.
TON MANQUE DE CONFIANCE ME DÉSOLE, BEAU-SOURIRE.
AH OUAIS!? COMMENT FAIRE FIANCE À UN SIRE QUI A USURPÉ UN TITRE ET DES TERRES, HEIN?
VERTU DIEU! J'AI ÉTÉ TROP VITE EN BESOGNE. BEAU-SOURIRE SEMBLE PLUS CORIACE QU'IL N'Y PARAISSAIT...
BAH! ON IMPROVISERA...
POITIERS, TROIS JOURS PLUS TARD... DOMINANT DE SES HAUTS MURS LES MAISONS ENCHEVÊTRÉES DANS UN ÉCHEVEAU DE RUELLES TORTUEUSES, LE PALAIS DES COMTES REGARDE COMME TOUS LES MATINS LE SOLEIL SE LEVER AU-DESSUS DE LA CATHÉDRALE SAINT-PIERRE.
MONSEIGNEUR ALPHONSE EST ACTUELLEMENT DANS SES DOMAINES DE L'ISLE DE FRANCE, ET NOUS NE SAVONS POINT QUAND IL PARAÎTRA DANS SON COMTÉ.
9.

AH ! C'EST FÂCHEUX... IL ME TARDE DE L'ENTRETENIR D'IMPORTANCE D'UNE AFFAIRE GRAVE.
UNE AFFAIRE GRAVE ?
UNE IMPOSTURE, MESSIRE BAILLI ! UNE IMPOSTURE SACRILÈGE QUI ABUSE NOTRE ROI BIEN-AIMÉ ET SALIT LE BLASON DE LA CHEVALERIE FRANÇAISE !
RIEN QUE ÇA ?! ET QUEL EST DONC LE SUJET DE SA MAJESTÉ QUI L'OUTRAGE DE LA SORTE ?
HUGHES DE CROZENC !
!? HUGHES DE CROZENC !?
QUELLE HEUREUSE COÏNCIDENCE ! CE MISÉRABLE A EU L'IMPUDENCE DE S'OPPOSER À MOI RÉCEMMENT...(*)
CONTEZ-MOI L'AFFAIRE, MESSIRE RAVENAUD. SI VOS DIRES SONT VÉRITÉ, J'INFORMERAI MONSEIGNEUR ALPHONSE AU PLUS VITE, ET J'USERAI DE TOUTE MON INFLUENCE POUR CHÂTIER CE CRIMINEL...
HUM ! NOUS APPROCHONS DES TERRES DE CROZENC. INUTILE DE BERNER PLUS LONGTEMPS CES DEUX IDIOTS.
HALTE ! C'EST BON ! VOUS POUVEZ ME TUER...
?!!
TE TUER ?... AS-TU PERDU LA RAISON, L'AMI ?!
NON POINT. MAIS QUAND TU SAURAS QU'IL N'Y A PAS PLUS DE TRÉSOR ENTERRÉ PAR ICI QUE D'INTELLIGENCE ENFOUIE DANS LE CRÂNE DE GROS-MEMBRU, J'AI CERTITUDE QUE TU VOUDRAS M'OCCIRE...
10.
F. PERRET.

(*) CFR. TOME 9.

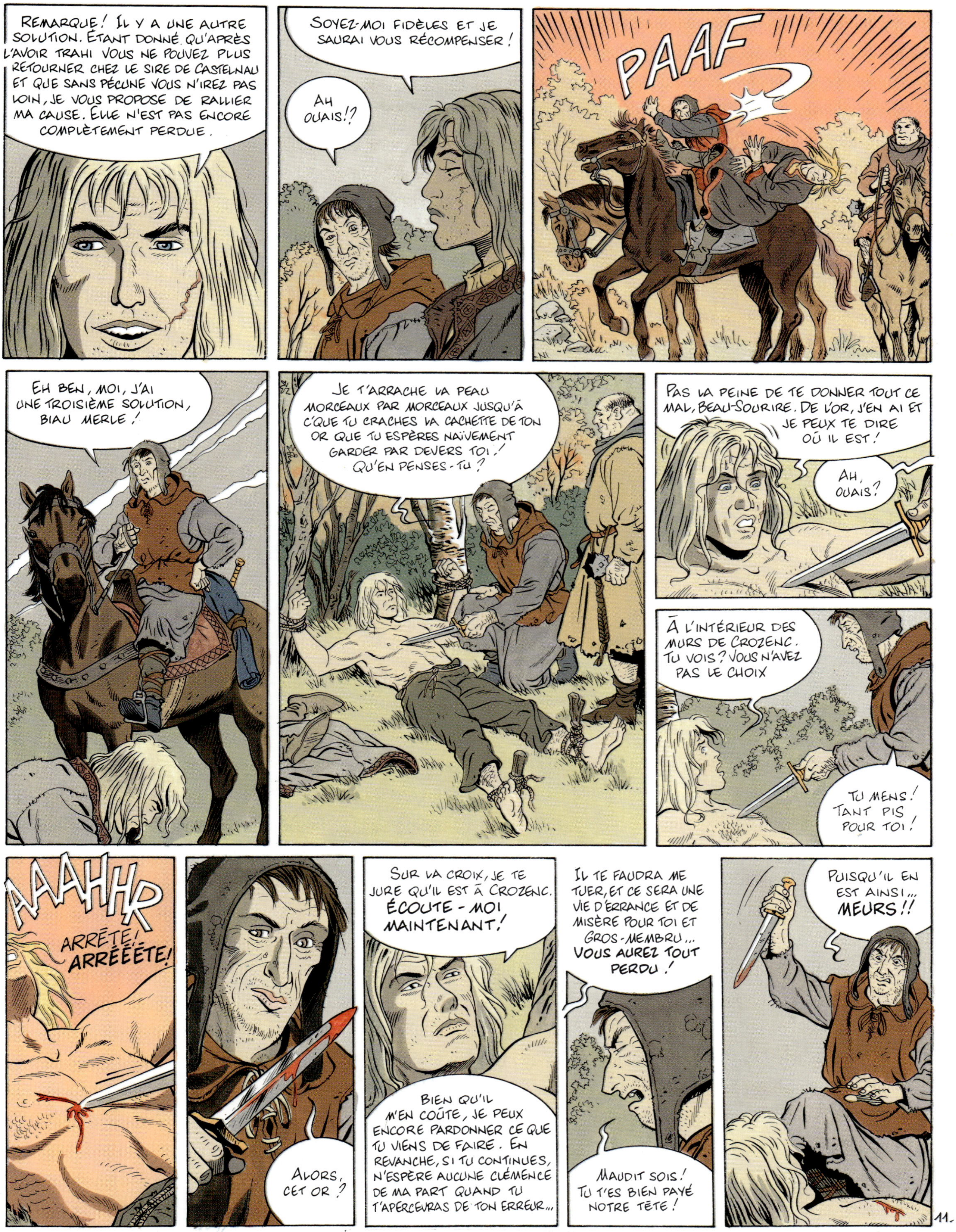
REMARQUE ! IL Y A UNE AUTRE SOLUTION. ÉTANT DONNÉ QU'APRÈS L'AVOIR TRAHI VOUS NE POUVEZ PLUS RETOURNER CHEZ LE SIRE DE CASTELNAU ET QUE SANS PÉCUNE VOUS N'IREZ PAS LOIN, JE VOUS PROPOSE DE RALLIER MA CAUSE. ELLE N'EST PAS ENCORE COMPLÈTEMENT PERDUE.
SOYEZ-MOI FIDÈLES ET JE SAURAI VOUS RÉCOMPENSER !
AH OUAIS !?
PAAF
EH BEN, MOI, J'AI UNE TROISIÈME SOLUTION, BIAU MERLE !
JE T'ARRACHE LA PEAU MORCEAUX PAR MORCEAUX JUSQU'À C'QUE TU CRACHES LA CACHETTE DE TON OR QUE TU ESPÈRES NAÏVEMENT GARDER PAR DEVERS TOI ! QU'EN PENSES-TU ?
PAS LA PEINE DE TE DONNER TOUT CE MAL, BEAU-SOURIRE. DE L'OR, J'EN AI ET JE PEUX TE DIRE OÙ IL EST !
AH, OUAIS ?
À L'INTÉRIEUR DES MURS DE CROZENC. TU VOIS ? VOUS N'AVEZ PAS LE CHOIX
TU MENS ! TANT PIS POUR TOI !
AAAHHR
ARRÊTE ! ARRÊÊÊTE !
ALORS, CET OR ?
SUR LA CROIX, JE TE JURE QU'IL EST À CROZENC. **ÉCOUTE-MOI MAINTENANT !**
BIEN QU'IL M'EN COÛTE, JE PEUX ENCORE PARDONNER CE QUE TU VIENS DE FAIRE. EN REVANCHE, SI TU CONTINUES, N'ESPÈRE AUCUNE CLÉMENCE DE MA PART QUAND TU T'APERCEVRAS DE TON ERREUR...
IL TE FAUDRA ME TUER, ET CE SERA UNE VIE D'ERRANCE ET DE MISÈRE POUR TOI ET GROS-MEMBRU... **VOUS AUREZ TOUT PERDU !**
MAUDIT SOIS ! TU T'ES BIEN PAYÉ NOTRE TÊTE !
PUISQU'IL EN EST AINSI... **MEURS !!**
11.

AU MÊME INSTANT, À QUELQUES LIEUES DE LÀ...
VERTUBLEU ! CES DEUX PREMIERS JOURS DE RECHERCHES N'ONT RIEN DONNÉ...
À BIEN Y RÉFLÉCHIR, J'AI TOURNÉ LA CHARRUE CONTRE LES BOEUFS... JE SUIS PARTIE DANS TOUTES LES DIRECTIONS COMME UN CHIEN FOU...
PFF... PFFF...
IL ME FAUT PROCÉDER AUTREMENT. PARTIR DE L'ENDROIT OÙ RAVENAUD M'AVAIT ATTACHÉE (*) ET FAIRE DES CERCLES DE PLUS EN PLUS GRANDS EN FOUILLANT CHAQUE POUCE DE TERRAIN ; SOULEVER CHAQUE PIERRE, ÉMONDER CHAQUE TAILLIS, CHAQUE FOURRÉ, SONDER TOUS LES ARBRES !...
DUSSÉ-JE Y PASSER LE RESTANT DE MES JOURS, JE TROUVERAI L'OR DE RAVENAUD !
BON ! ALLONS-Y ! EN FAIT, JE NE TIENS PAS À M'ÉTERNISER DANS LA CONTRÉE...
LE REPAIRE DES TROUSSE-GOUSSETS D'HARRIBERT N'EST PAS TRÈS LOIN. S'IL LEUR PRENAIT ENVIE DE REVENIR PAR ICI, JE POURRAIS TOMBER NEZ À NEZ AVEC UN DE CES GARGOULETS...
BRR... J'EN FRISSONNE RIEN QU'À L'IDÉE !
CROZENC ! ...PAS FÂCHÉ DE REVOIR SES MURS...
SANG DU CHRIST !!
12

(*) CFR TOME 9.

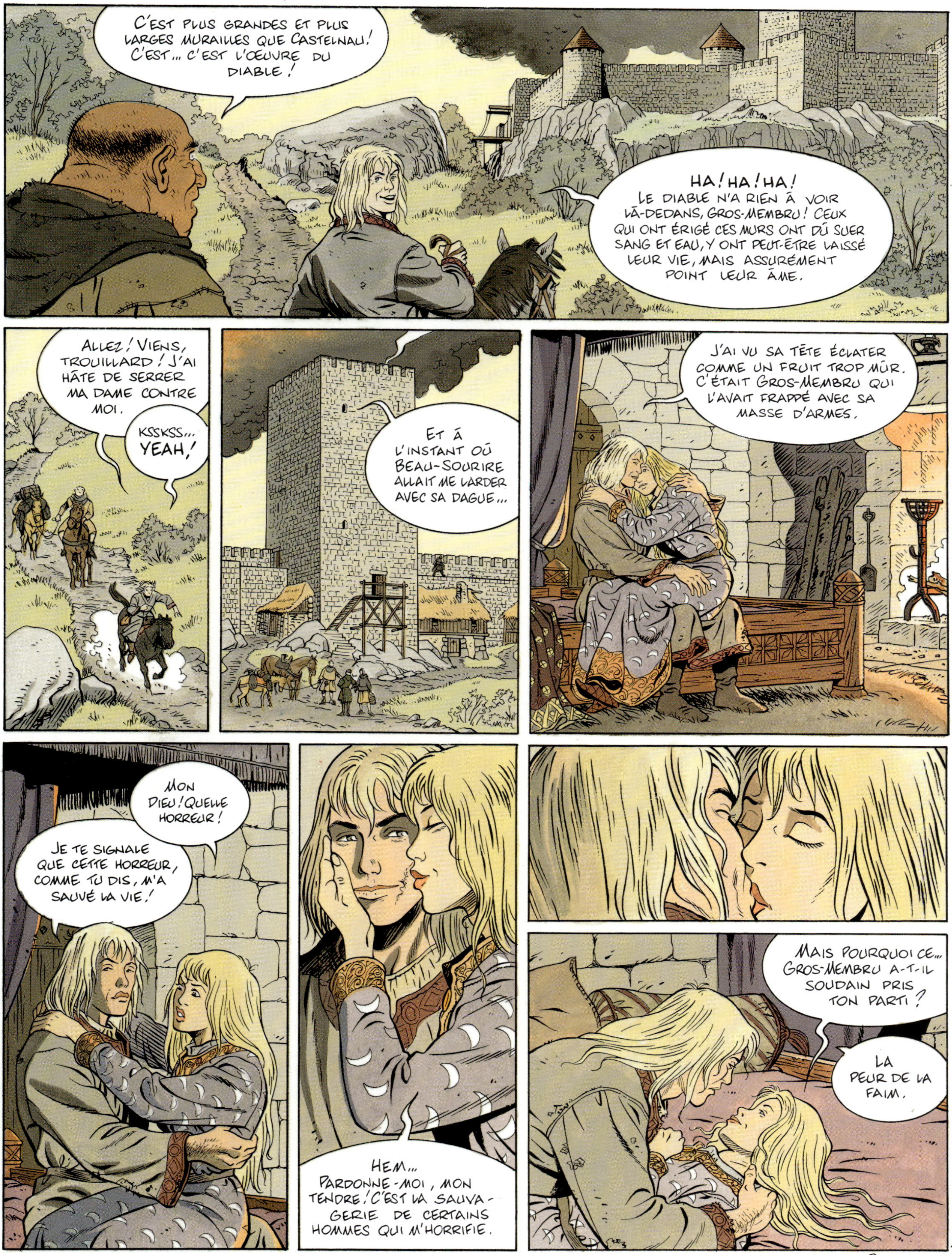
C'EST PLUS GRANDES ET PLUS LARGES MURAILLES QUE CASTELNAU! C'EST... C'EST L'ŒUVRE DU DIABLE!
HA! HA! HA! LE DIABLE N'A RIEN À VOIR LÀ-DEDANS, GROS-MEMBRU! CEUX QUI ONT ÉRIGÉ CES MURS ONT DÛ SUER SANG ET EAU, Y ONT PEUT-ÊTRE LAISSÉ LEUR VIE, MAIS ASSURÉMENT POINT LEUR ÂME.
ALLEZ! VIENS, TROUILLARD! J'AI HÂTE DE SERRER MA DAME CONTRE MOI.
KSSKSS... YEAH!
ET À L'INSTANT OÙ BEAU-SOURIRE ALLAIT ME LARDER AVEC SA DAGUE...
J'AI VU SA TÊTE ÉCLATER COMME UN FRUIT TROP MÛR. C'ÉTAIT GROS-MEMBRU QUI L'AVAIT FRAPPÉ AVEC SA MASSE D'ARMES.
MON DIEU! QUELLE HORREUR!
JE TE SIGNALE QUE CETTE HORREUR, COMME TU DIS, M'A SAUVÉ LA VIE!
HEM... PARDONNE-MOI, MON TENDRE! C'EST LA SAUVAGERIE DE CERTAINS HOMMES QUI M'HORRIFIE.
MAIS POURQUOI CE... GROS-MEMBRU A-T-IL SOUDAIN PRIS TON PARTI?
LA PEUR DE LA FAIM.
13.
P. PERRET

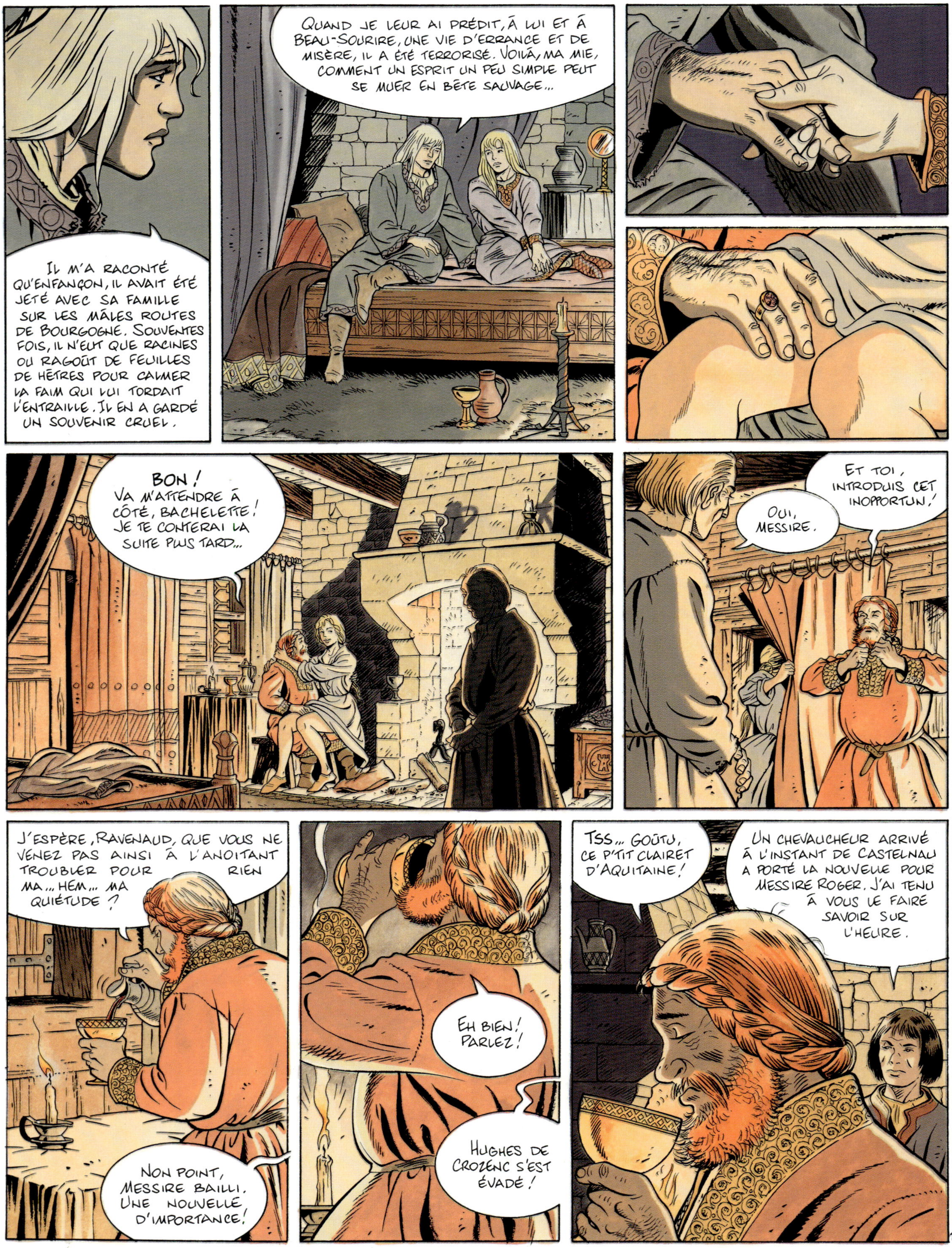
IL M'A RACONTÉ QU'ENFANÇON, IL AVAIT ÉTÉ JETÉ AVEC SA FAMILLE SUR LES MÂLES ROUTES DE BOURGOGNE. SOUVENTES FOIS, IL N'EUT QUE RACINES OU RAGOÛT DE FEUILLES DE HÊTRES POUR CALMER LA FAIM QUI LUI TORDAIT L'ENTRAILLE. IL EN A GARDÉ UN SOUVENIR CRUEL.
QUAND JE LEUR AI PRÉDIT, À LUI ET À BEAU-SOURIRE, UNE VIE D'ERRANCE ET DE MISÈRE, IL A ÉTÉ TERRORISÉ. VOILÀ, MA MIE, COMMENT UN ESPRIT UN PEU SIMPLE PEUT SE MUER EN BÊTE SAUVAGE...
BON ! VA M'ATTENDRE À CÔTÉ, BACHELETTE ! JE TE CONTERAI LA SUITE PLUS TARD...
ET TOI, INTRODUIS CET INOPPORTUN !
OUI, MESSIRE.
J'ESPÈRE, RAVENAUD, QUE VOUS NE VENEZ PAS AINSI À L'ANOITANT TROUBLER POUR RIEN MA... HEM... MA QUIÉTUDE ?
NON POINT, MESSIRE BAILLI. UNE NOUVELLE D'IMPORTANCE !
EH BIEN ! PARLEZ !
HUGHES DE CROZENC S'EST ÉVADÉ !
TSS... GOÛTU, CE P'TIT CLAIRET D'AQUITAINE !
UN CHEVAUCHEUR ARRIVÉ À L'INSTANT DE CASTELNAU A PORTÉ LA NOUVELLE POUR MESSIRE ROGER. J'AI TENU À VOUS LE FAIRE SAVOIR SUR L'HEURE.
14.

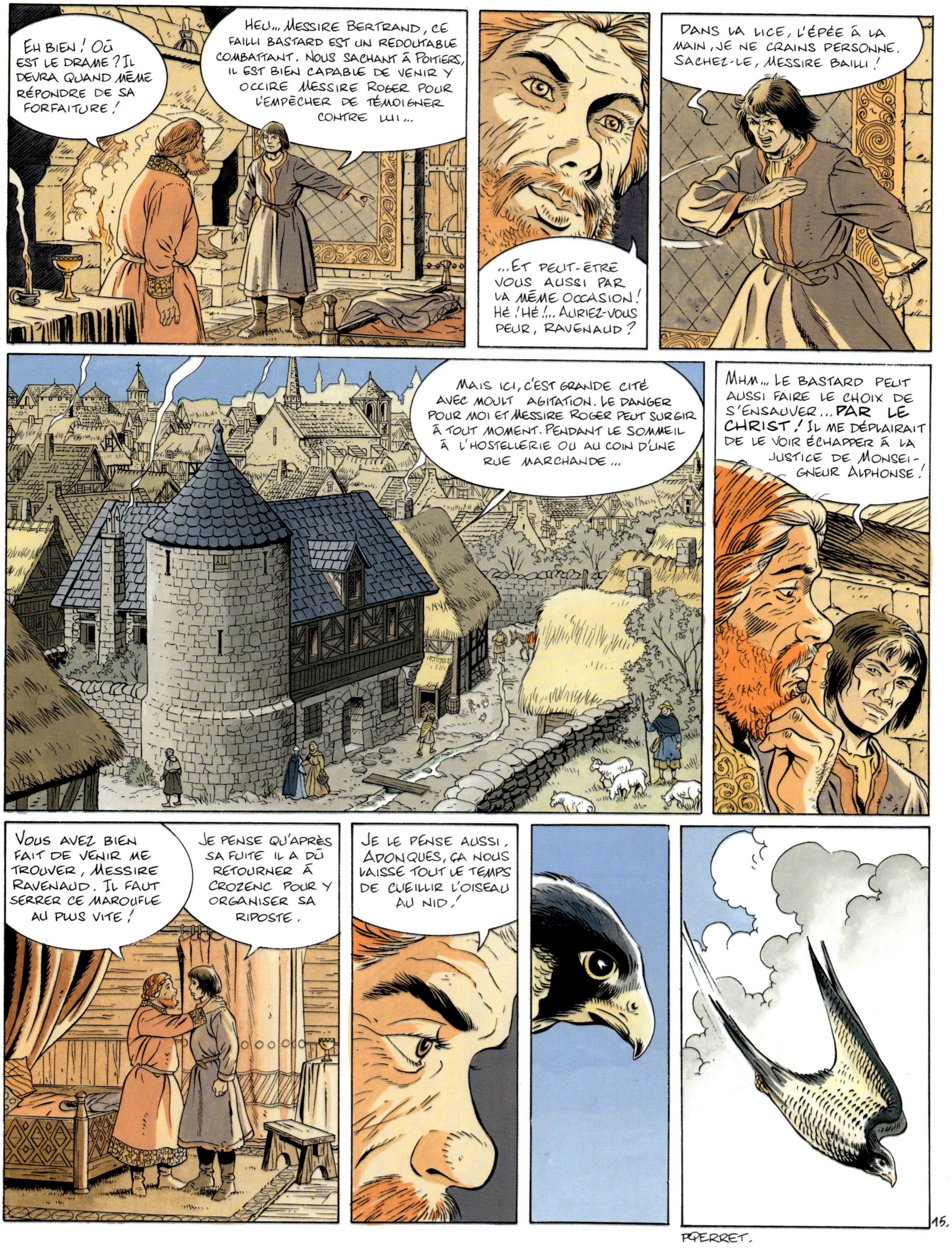
EH BIEN ! OÙ EST LE DRAME ? IL DEVRA QUAND MÊME RÉPONDRE DE SA FORFAITURE !
HEU... MESSIRE BERTRAND, CE FAILLI BASTARD EST UN REDOUTABLE COMBATTANT. NOUS SACHANT À POITIERS, IL EST BIEN CAPABLE DE VENIR Y OCCIRE MESSIRE ROGER POUR L'EMPÊCHER DE TÉMOIGNER CONTRE LUI...
...ET PEUT-ÊTRE VOUS AUSSI PAR LA MÊME OCCASION ! HÉ ! HÉ !... AURIEZ-VOUS PEUR, RAVENAUD ?
DANS LA LICE, L'ÉPÉE À LA MAIN, JE NE CRAINS PERSONNE. SACHEZ-LE, MESSIRE BAILLI !
MAIS ICI, C'EST GRANDE CITÉ AVEC MOULT AGITATION. LE DANGER POUR MOI ET MESSIRE ROGER PEUT SURGIR À TOUT MOMENT. PENDANT LE SOMMEIL À L'HOSTELLERIE OU AU COIN D'UNE RUE MARCHANDE...
MHM... LE BASTARD PEUT AUSSI FAIRE LE CHOIX DE S'ENSAUVER... PAR LE CHRIST ! IL ME DÉPLAIRAIT DE LE VOIR ÉCHAPPER À LA JUSTICE DE MONSEIGNEUR ALPHONSE !
VOUS AVEZ BIEN FAIT DE VENIR ME TROUVER, MESSIRE RAVENAUD. IL FAUT SERRER CE MAROUFLE AU PLUS VITE !
JE PENSE QU'APRÈS SA FUITE IL A DÛ RETOURNER À CROZENC POUR Y ORGANISER SA RIPOSTE.
JE LE PENSE AUSSI. ADONQUES, ÇA NOUS LAISSE TOUT LE TEMPS DE CUEILLIR L'OISEAU AU NID !
15.
P.PERRET.

LÀ-BAS ! À LA CHUTE ! YEAAH !
BATTANT FRÉNÉTIQUEMENT DES AILES, LA VICTIME, IVRE DE PEUR, TENTE DANS UN DERNIER SURSAUT D'ÉCHAPPER À SON MEURTRIER, MAIS LE PUISSANT BEC DU FAUCON PÈLERIN FAIT DÉJÀ SON OEUVRE...
D'UN COUP DE POIGNARD PRÉCIS, HUGUES A OUVERT LE CORPS SACRIFIÉ ET EN SORT LE COEUR ENCORE PALPITANT POUR L'OFFRIR AU FAUCON...
EN REGARDANT LE FIER RAPACE LACÉRER GLOUTONNEMENT LE MORCEAU DE VIANDE, HUGUES PENSA QUE LA LIBERTÉ N'ÉTAIT FINALEMENT QU'UNE VUE DE L'ESPRIT. MÊME LES SEIGNEURS FINISSENT UN JOUR PAR MANGER DANS LA MAIN D'UN PLUS PUISSANT QU'EUX...
CES ANIMAUX SONT ÉTRANGES, MAÎTRE FAUCONNIER... QUAND ILS SONT LÀ-HAUT, ILS ONT LA LIBERTÉ AU BOUT DE LEURS AILES ET ILS N'EN PROFITENT PAS.
LA FAUCONNERIE DU CHÂTEAU EST MAINTENANT LEUR GÎTE, MESSIRE. DANS LA NATURE, CES RAPACES REVIENNENT CHAQUE PRINTEMPS SUR LE MÊME REPAIRE. ILS SONT COMME NOUS, PRISONNIERS DE LEURS HABITUDES...
ILS REVIENNENT TOUJOURS AU MÊME RE... MAIS OUI ! BIEN SÛR ! COMMENT N'Y AI-JE PAS PENSÉ PLUS TÔT ?
16-

ET QU'EST-CE QUI TE FAIT CROIRE QU'HARRIBERT ET SES BRIGANDS Y SONT RETOURNÉS ?
COMME POUR LES FAUCONS, MA MIE, L'HABITUDE. LE REPAIRE EST BON ET ILS S'Y CROIENT EN SÉCURITÉ, CAR ILS IGNORENT QUE NOUS L'AVONS DÉCOUVERT GRÂCE À LA FEMME LIÉGARDE. (*)
VOILÀ COMMENT JE VOIS LES CHOSES: RAVENAUD EST PARTI AVEC ROGER DE CASTELNAU, HARRIBERT ET QUELQUES-UNS DE SES HOMMES POUR POITIERS, PENDANT QUE LE RESTE DE LA BANDE RETIENT EN OTAGE LE FILS DE ROGER SUR NOS TERRES.
MAIS PEUT-ÊTRE L'ONT-ILS EMMENÉ AVEC EUX À POITIERS ?
TROP DANGEREUX ! ILS S'Y FERAIENT REMARQUER. JE NE PENSE PAS NON PLUS QU'ILS LE GARDENT SUR LES TERRES DE CASTELNAU. ILS NE CONNAISSENT PAS ASSEZ BIEN LA RÉGION. NON, MA MIE, J'AI CERTITUDE QU'ILS SONT TOUT PRÈS D'ICI.
MAIS JE VAIS TOUT DE MÊME M'EN ASSURER AVEC QUELQUES HOMMES.
N'EST-CE PAS DANGEREUX, MON AIMÉ ? POURQUOI NE PAS Y ALLER AVEC LA TROUPE ?
NON... JE VEUX AUSSI ÉTUDIER LES LIEUX AVANT. IL FAUT LES SURPRENDRE, QU'ILS N'AIENT PAS LE TEMPS DE S'ÉCHAPPER AVEC LE PRISONNIER. TOI, PENDANT CE TEMPS, TU RENTRES AU CHÂTEAU ET TU DEMANDES À AYMON DE PRÉPARER LA TROUPE. QU'ELLE SOIT SUR LE PIED DE GUERRE QUAND JE REVIENDRAI.
SON FILS LIBÉRÉ, ROGER N'AURA PLUS AUCUNE RAISON DE TÉMOIGNER CONTRE MOI, ET S'IL PERSISTAIT À VOULOIR LE FAIRE, C'EST MOI QUI AURAIS ALORS UN MOYEN DE L'EN EMPÊCHER !
HA ! HA ! VOILÀ ENFIN LA SOLUTION À MES TOURMENTS, QUE JE CHERCHAIS DEPUIS DEUX JOURS ! YAAOUHH !
DIEU T'ENTENDE, MON AMOUR ! DIEU T'ENTENDE !
17.

(*) CF. TOME 9.

RIEN LÀ NON PLUS ! PFF...
C'EST DÉSESPÉRANT...
CRAAK
!??
TENDUE, TOUS LES SENS EN ALERTE, NOLWENN RESTE UN LONG MOMENT IMMOBILE, ESPÉRANT DÉCELER UNE PRÉSENCE ANIMALE. SEUL LUI RÉPOND UN INQUIÉTANT SILENCE.
ÉTRANGE. DEPUIS QUELQUES JOURS, J'AI LA DÉSAGRÉABLE IMPRESSION D'ÊTRE ÉPIÉE. IL FAUT QUE J'EN AIE LE COEUR NET !
LÀ, CE HALLIER, VOILÀ CE QU'IL ME FAUT !
18.
P.PERRET.

J'ESPÈRE QU'IL N'Y A PAS TROP DE RONCES !
LE COEUR BATTANT À TOUT ROMPRE, NOLWENN S'EST FIGÉE. DISSIMULÉE AU MILIEU DES INEXTRICABLES BUISSONS, ELLE GUETTE À NOUVEAU LA FORÊT.
AU MÊME INSTANT NON LOIN DE LÀ, HUGHES, AVEC DEUX DE SES HOMMES, A REFAIT PRUDEMMENT LE TRAJET QUI MÈNE AU CAMP D'HARRIBERT.
LEUR REPAIRE EST DERRIÈRE CET ESCARPEMENT. ATTENTION À NE PAS VOUS MONTRER !
ILS SONT REVENUS, COMME J'EN AVAIS ESPOIR...
IMBERT, EBLÉ ! SURVEILLEZ NOS ARRIÈRES, QU'ON NE SE FASSE PAS SURPRENDRE ! JE VEUX M'ASSURER QUE LE PRISONNIER EST BIEN AVEC EUX.
LONGTEMPS HUGHES OBSERVE, IMMOBILE, TEL UN PRÉDATEUR À L'AFFÛT, LE VA-ET-VIENT DES HOMMES, DES FEMMES ET DES ENFANTS. ET ALORS QU'IL COMMENCE À DOUTER DE LA PRÉSENCE DU PRISONNIER PARMI LES BRIGANDS...
LÀ ! C'EST LUI !!
19-

Cet homme serré de la sorte ! Ce ne peut être que le fils de Roger.
Mon raisonnement était juste. Je n'ai vu ni Ravenaud, ni Roger...
Imbert, Eblé, vous restez ici pour surveiller le camp de ces bélîtres. Repérez les guetteurs, comptez les tours de garde ! Apparemment il n'y a qu'une partie de la bande, et elle doit se tenir quiète. Soyez vigilants quand même !
Oui, messire !
J'emmènerai vos chevaux au passage. Ils risqueraient de dévoiler votre présence. Je serai de retour demain à la mi-nuit avec la troupe.
RIEN ! Y'a bien une heure de relevée que j'suis là... Je dois me faire des idées...
Epuisée par la tension qu'elle vient de subir, Nolwenn maintenant soulagée laisse son regard errer un long moment à l'intérieur du hallier, admirant l'enchevêtrement complexe de lianes, de branches et d'épines, quand...
!?!
Une... une trace d'animal !? On dirait celle d'un sanglier...
Oui ! Et là, d'autres encore ! Et... et ce passage...? Ça doit être la coulée du bestiau qui mène à sa bauge !
Hum... Ces traces ne semblent pas récentes, le propriétaire a dû abandonner les lieux. Heureusement pour moi d'ailleurs...
Et si...?
20.
P. PERRET.

Une intuition soudaine traverse l'esprit de Nolwenn qui se met à ramper sous l'étroite voûte végétale.
En proie à une vive excitation, Nolwenn, insensible aux épines qui l'écorchent au passage, progresse de plus en plus vite, et soudain...
La bauge de l'animal! Et là... le coffret!
L'or! L'or de Ravenaud! Je suis sauvée!
Tabernacle! On dirait que mon cheval boite d'un antérieur!?
Bon! Voyons voir cette patte...
Mais oui, compagnon! Tu es entaillé...
Hmm... La blessure est nette. Il n'y a rien dedans...
Sous l'effet de la douleur provoquée par l'examen d'Hughes, le cheval s'est vivement dégagé. Son cavalier n'a que le temps de le rattraper par la bride...
Tout doux... Ooh!.. Tout doux!
Mais comme un écho au fond des bois, un autre hennissement lui répond presque aussitôt.
!??
21.

UN CAVALIER DANS LE BOIS DES MURATS !?! QUI CELA PEUT-IL ÊTRE ? HARRIBERT ? RAVENAUD ?
C'ÉTAIT TOUT PRÈS ! FAUT QUE J'EN AIE LE COEUR NET !...
C'EST MON CHEVAL QUI HENNISSAIT !? POURVU QUE...
J'AI DE NOUVEAU CETTE MÂLE IMPRESSION...
PMAF
AAH !
TOR... TORCHE-CUL !!
EH OUI, LA DONZELLE ! LE BON TORCHE-CUL QUE TU AS VILEMENT ABANDONNÉ DANS UNE HOSTELLERIE ! HÉ ! HÉ !
DOMMAGE POUR TOI, J'AI PU FUIR L'IRE DE L'AUBERGISTE AVANT L'ARRIVÉE DU GUET !
ARRGGH !
TCHOUK
TU M'AVAIS CONFIÉ, PAUVRE NIQUEDOUILLE, QUE L'OR DE RAVENAUD ÉTAIT CACHÉ DANS CES BOIS. JE N'AI EU AUCUNE PEINE À RETROUVER TES TRACES !
PI... PITIÉ ! PITIÉ... J'AI MAL...
PITIÉ ?
TIENS ! EN VOILÀ, DE LA PITIÉ, DRÔLASSE !
TCHAK
EN OBSERVANT TON MANÈGE, J'AI COMPRIS QUE TU IGNORAIS OÙ SE TROUVAIT L'OR. ADONQUES J'AI ATTENDU QUE TU LE RETROUVES ! HA ! HA !
22

MAINTENANT, TU VAS PAYER TA FÉLONIE...
AYANT PROGRESSÉ PRUDEMMENT DANS LE SOUS-BOIS, HUGHES EST PARVENU JUSQU'AU CAMPEMENT PROVISOIRE DE NOLWENN.
VOILÀ LE CHEVAL, MAIS POINT DE CAVALIER...
L'HOMME SEMBLE SEUL...
HUM... PRESQUE FROID. QUI PEUT DONC BIEN TRAÎNER DANS CES BOIS ? ET POURQUOI ?
¡¡¡¡AAARHH
!?
VERTUBLEU ! C... CE CRI ! IL M'A GLACÉ LE SANG ! UN CRI DE SOUFFRANCE... ON AURAIT DIT UNE FEMME...
COMME ÇA, TES BRAILLEMENTS N'AMEUTERONT PLUS LA FORÊT !
MAINTENANT QUE JE T'AI TANNÉ LE CUIR...
23.

...J'AI BIEN ENVIE DE TE ROUSSIR LE POISTRON ET D'ALLER RÉCHAUFFER TON BASTARD... HEIN !? QU'EST-CE QUE T'EN DIS ?...
MALGRÉ LA PEUR PANIQUE QUI LUI OBSCURCIT L'ESPRIT, NOLWENN A COMPRIS QU'ELLE ALLAIT MOURIR, QU'ELLE NE CONNAÎTRAIT JAMAIS SON ENFANT. RENONÇANT À LUTTER, ELLE LAISSE ÉCLATER DE LOURDS SANGLOTS TROP LONGTEMPS RETENUS...
MAIS AU LIEU DE L'HORRIBLE DOULEUR DANS LE BAS-VENTRE, C'EST LA SENSATION D'UN LIQUIDE CHAUD GICLANT SUR ELLE QUI LUI FAIT OUVRIR LES YEUX...
IL SEMBLERAIT QUE JE SOIS ARRIVÉ À TEMPS, DAME NOLWENN !
HU... HUGHES... TU M'AS SAUVÉE ! JE... JE...
CHUUT... TU ES ÉPUISÉE...
UN TROUBLE IMPUDIQUE S'EST EMPARÉ D'HUGHES À LA VISION DU CORPS NU ET ABANDONNÉ DE CELLE QUI FUT SA FEMME. LE VENTRE SURTOUT LE FASCINE. IL NE PEUT DÉTACHER SES YEUX DE CE VENTRE ROND QUI PORTE SA CHAIR ET SON SANG...
24.

OÙ... OÙ SUIS-JE ?
ÇA Y EST ! TU REVIENS À TOI ?
HU... HUGHES, QUE FAIS-TU ? OÙ M'EMMÈNES-TU ?
À CROZENC. LA VIEILLE MAHAUT VA TE SOIGNER.
POUR QU'ENSUITE TU ME LIVRES À LA JUSTICE D'ALPHONSE DE POITIERS ?...
PLUS MAINTENANT, NOLWENN ! HUM... JE NE TE VEUX PLUS POUR ÉPOUSE, CERTES, CAR... CAR MON CŒUR EST AILLEURS, MAIS...
... SI JE RÉUSSIS À CONSERVER MON TITRE ET MES TERRES, JE JURE SUR LA CROIX DE TE DONNER CUZION EN DOUAIRE POUR... POUR NOTRE ENFANT !
OUI, HUGHES, NOTRE ENFANT... POUR NOTRE ENFANT !
TSS... AUCUN HOMME DE GARDE À LA PORTE ?!
VAGUEMENT INQUIET, HUGHES A POUSSÉ SA MONTURE. MAIS À PEINE A-T-IL FRANCHI LA LOURDE PORTE QUI DÉFEND L'ENTRÉE DE LA FORTERESSE QUE...
RRRRRK
!??
...LA LOURDE HERSE EST TOMBÉE AVEC FRACAS, FAISANT TREMBLER LE SOL ET RÉSONNER LA VOÛTE...
HOOO ! HHOO !
TCHOUK
25-

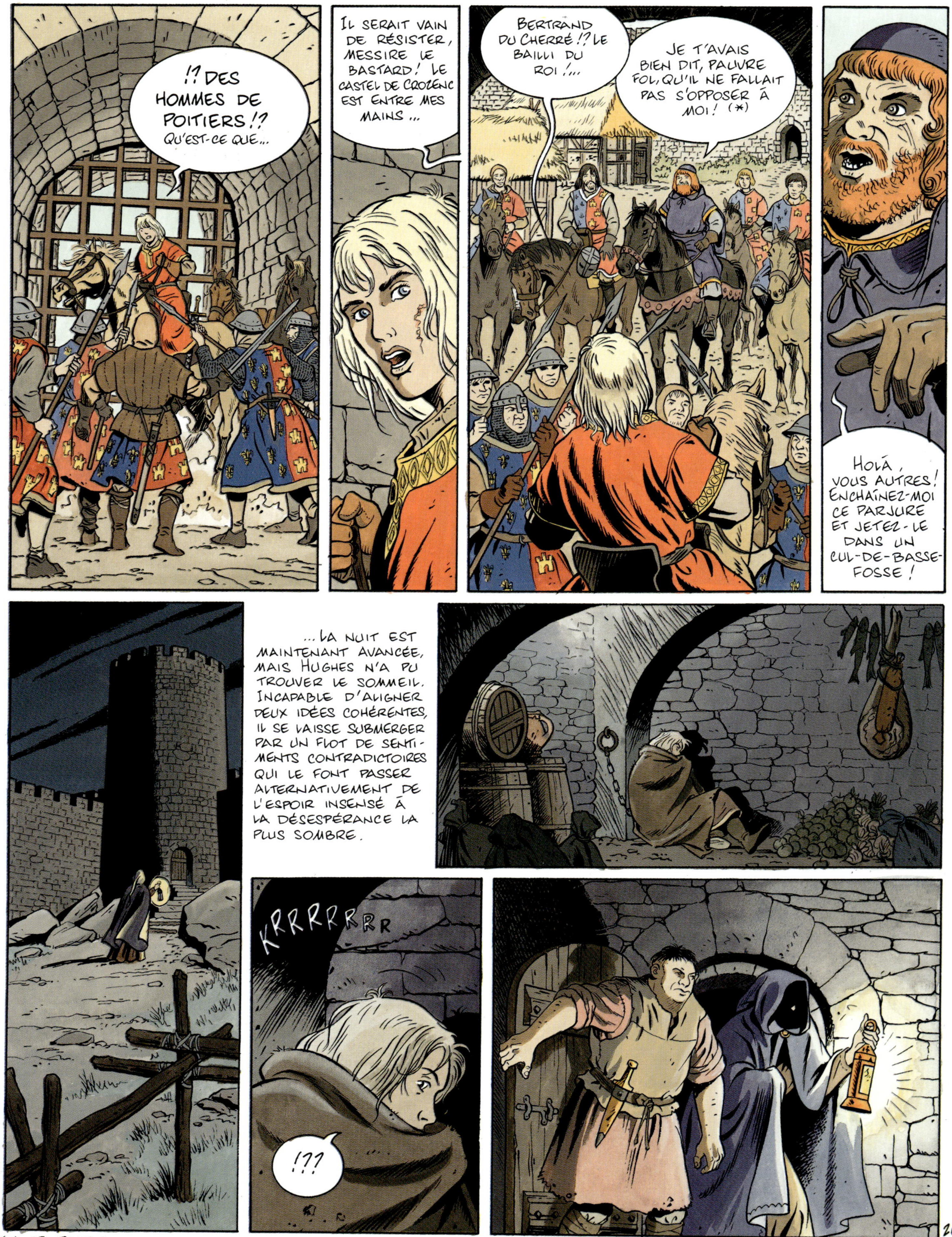

!? DES HOMMES DE POITIERS !? QU'EST-CE QUE...
IL SERAIT VAIN DE RÉSISTER, MESSIRE LE BASTARD ! LE CASTEL DE CROZENC EST ENTRE MES MAINS...
BERTRAND DU CHERRÉ !? LE BAILLI DU ROI !...
JE T'AVAIS BIEN DIT, PAUVRE FOL, QU'IL NE FALLAIT PAS S'OPPOSER À MOI ! (*)
HOLÀ, VOUS AUTRES ! ENCHAÎNEZ-MOI CE PARJURE ET JETEZ-LE DANS UN CUL-DE-BASSE-FOSSE !
...LA NUIT EST MAINTENANT AVANCÉE, MAIS HUGHES N'A PU TROUVER LE SOMMEIL. INCAPABLE D'ALIGNER DEUX IDÉES COHÉRENTES, IL SE LAISSE SUBMERGER PAR UN FLOT DE SENTIMENTS CONTRADICTOIRES QUI LE FONT PASSER ALTERNATIVEMENT DE L'ESPOIR INSENSÉ À LA DÉSESPÉRANCE LA PLUS SOMBRE.
KRRRRRRR
!??
26.

(*) CF. TOME 9.

!?ALIX?!?
HUGHES, MON AIMÉ ! JE DÉSESPÉRAIS DE TE VOIR...
CO... COMMENT AS-TU PU ?
TOUTE LA SOIRÉE, J'AI IMPORTUNÉ LE BAILLI POUR QU'IL M'AUTORISE À TE VISITER. IL ÉTAIT SI AGACÉ QUE J'AI FAILLI SUBIR LE MÊME SORT QUE TOI. IL A FALLU L'INTERVENTION DE FRÈRE ÉBRARD INVOQUANT LA CHARITÉ CHRÉTIENNE POUR LE FAIRE FLÉCHIR.
LE CHIEN ! LE PENDARD ! MAIS COMMENT A-T-IL PU S'EMPARER DU CHÂTEAU SANS COUP FÉRIR ?
IL EST ARRIVÉ PENDANT QU'ON CHASSAIT. IL AVAIT DÛ ÊTRE INFORMÉ DE TON ABSENCE POUR LA JOURNÉE. PEUT-ÊTRE MÊME A-T-IL ATTENDU CE MOMENT ? TOUJOURS EST-IL QUE LES SERGENTS DE GARDE N'ONT PAS OSÉ FERMER LA PORTE À UN ENVOYÉ DE MONSEIGNEUR ALPHONSE...
QUAND IL FUT DANS LA PLACE, IL RASSEMBLA TOUTE LA POPULATION DU CHÂTEAU DANS LA COUR BASSE...
...ADONQUES, VOTRE SEIGNEUR EST ACCUSÉ D'AVOIR USURPÉ LA PLACE D'HUGHES, FILS LÉGITIME DE MESSIRE RENAUD DE CROZENC, POUR VOLER UN TITRE ET DES BIENS QUI NE SONT PAS DE SA LIGNÉE...
27.

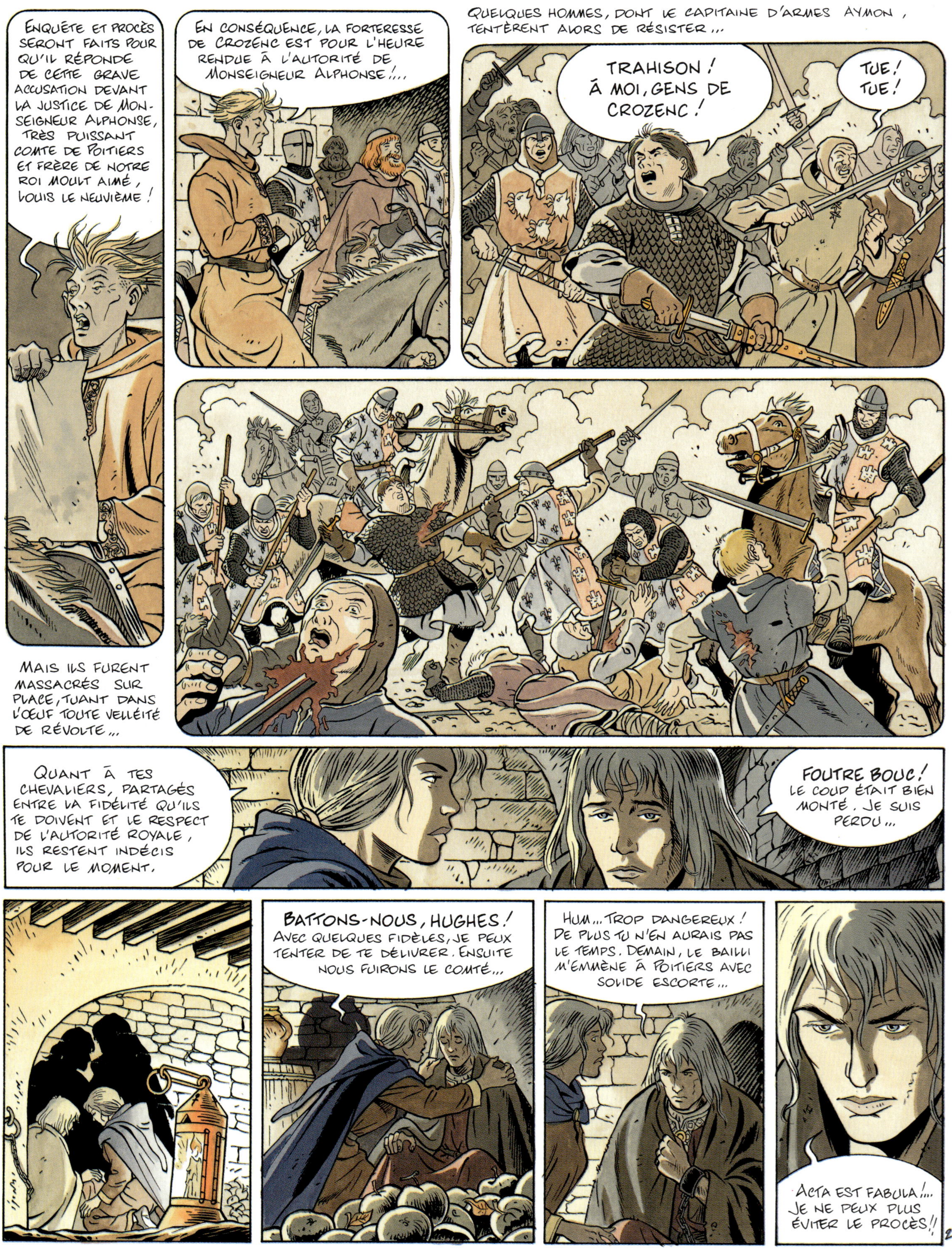
ENQUÊTE ET PROCÈS SERONT FAITS POUR QU'IL RÉPONDE DE CETTE GRAVE ACCUSATION DEVANT LA JUSTICE DE MONSEIGNEUR ALPHONSE, TRÈS PUISSANT COMTE DE POITIERS ET FRÈRE DE NOTRE ROI MOULT AIMÉ, LOUIS LE NEUVIÈME !
EN CONSÉQUENCE, LA FORTERESSE DE CROZENC EST POUR L'HEURE RENDUE À L'AUTORITÉ DE MONSEIGNEUR ALPHONSE !...
QUELQUES HOMMES, DONT LE CAPITAINE D'ARMES AYMON, TENTÈRENT ALORS DE RÉSISTER...
TRAHISON ! À MOI, GENS DE CROZENC !
TUE ! TUE !
MAIS ILS FURENT MASSACRÉS SUR PLACE, TUANT DANS L'OEUF TOUTE VELLÉITÉ DE RÉVOLTE...
QUANT À TES CHEVALIERS, PARTAGÉS ENTRE LA FIDÉLITÉ QU'ILS TE DOIVENT ET LE RESPECT DE L'AUTORITÉ ROYALE, ILS RESTENT INDÉCIS POUR LE MOMENT.
FOUTRE BOUC ! LE COUP ÉTAIT BIEN MONTÉ. JE SUIS PERDU...
BATTONS-NOUS, HUGHES ! AVEC QUELQUES FIDÈLES, JE PEUX TENTER DE TE DÉLIVRER. ENSUITE NOUS FUIRONS LE COMTÉ...
HUM... TROP DANGEREUX ! DE PLUS TU N'EN AURAIS PAS LE TEMPS. DEMAIN, LE BAILLI M'EMMÈNE À POITIERS AVEC SOLIDE ESCORTE...
ACTA EST FABULA !... JE NE PEUX PLUS ÉVITER LE PROCÈS !
28.

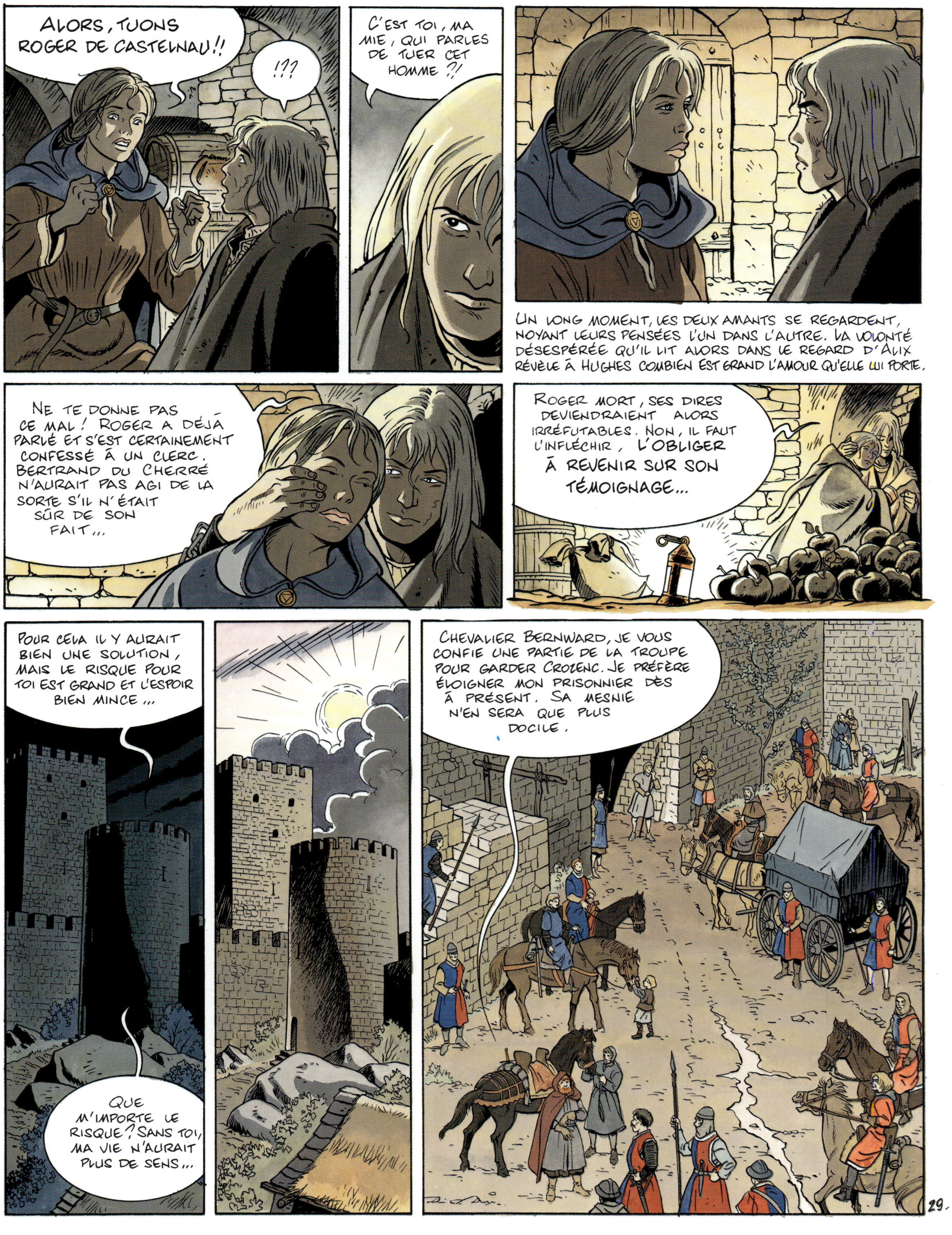
ALORS, TUONS ROGER DE CASTELNAU !!
!??
C'EST TOI, MA MIE, QUI PARLES DE TUER CET HOMME ?!
UN LONG MOMENT, LES DEUX AMANTS SE REGARDENT, NOYANT LEURS PENSÉES L'UN DANS L'AUTRE. LA VOLONTÉ DÉSESPÉRÉE QU'IL LIT ALORS DANS LE REGARD D'ALIX RÉVÈLE À HUGHES COMBIEN EST GRAND L'AMOUR QU'ELLE LUI PORTE.
NE TE DONNE PAS CE MAL ! ROGER A DÉJÀ PARLÉ ET S'EST CERTAINEMENT CONFESSÉ À UN CLERC. BERTRAND DU CHERRÉ N'AURAIT PAS AGI DE LA SORTE S'IL N'ÉTAIT SÛR DE SON FAIT...
ROGER MORT, SES DIRES DEVIENDRAIENT ALORS IRRÉFUTABLES. NON, IL FAUT L'INFLÉCHIR, L'OBLIGER À REVENIR SUR SON TÉMOIGNAGE...
POUR CELA IL Y AURAIT BIEN UNE SOLUTION, MAIS LE RISQUE POUR TOI EST GRAND ET L'ESPOIR BIEN MINCE...
QUE M'IMPORTE LE RISQUE ? SANS TOI, MA VIE N'AURAIT PLUS DE SENS...
CHEVALIER BERNWARD, JE VOUS CONFIE UNE PARTIE DE LA TROUPE POUR GARDER CROZENC. JE PRÉFÈRE ÉLOIGNER MON PRISONNIER DÈS À PRÉSENT. SA MESNIE N'EN SERA QUE PLUS DOCILE.
29.

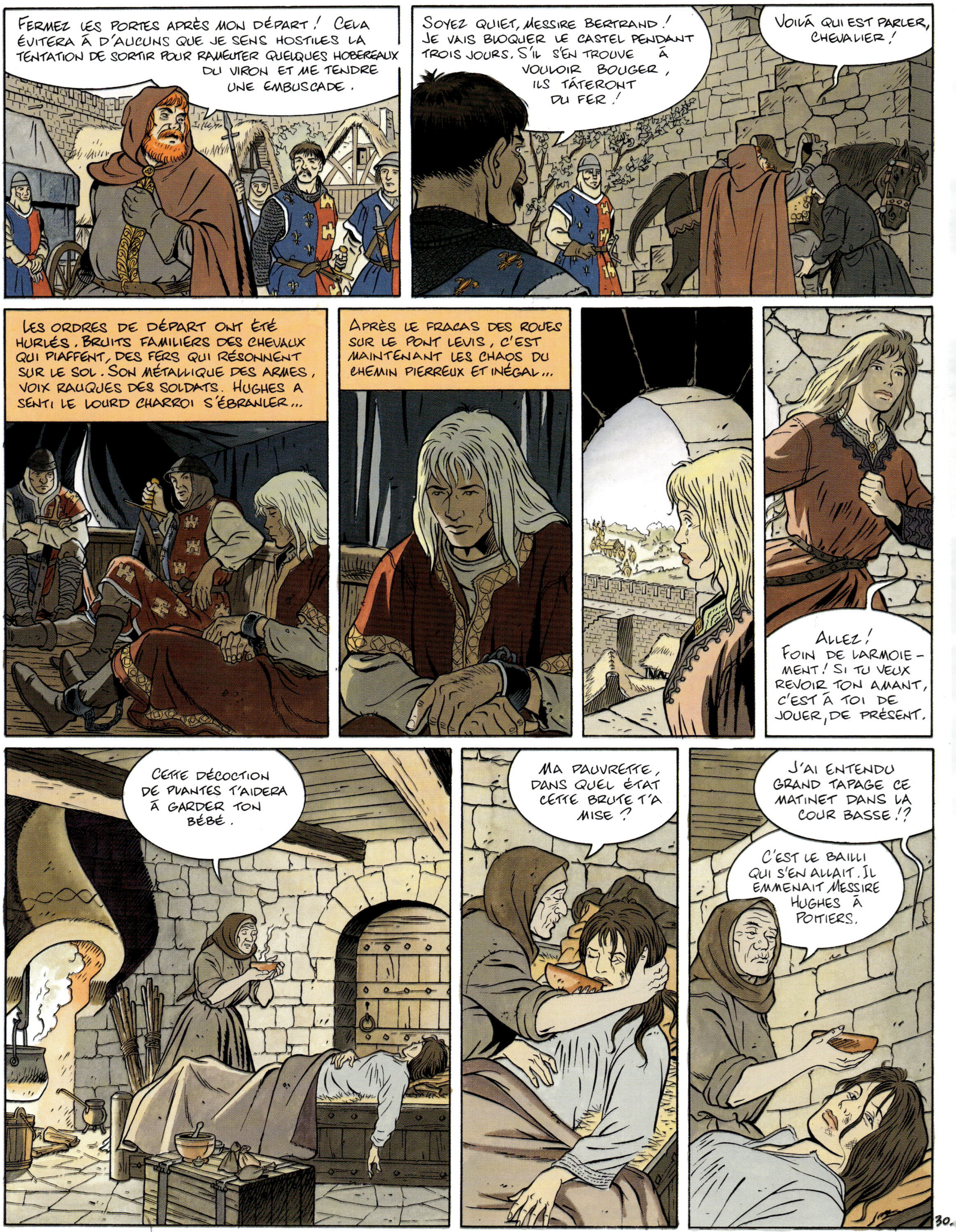
FERMEZ LES PORTES APRÈS MON DÉPART ! CELA ÉVITERA À D'AUCUNS QUE JE SENS HOSTILES LA TENTATION DE SORTIR POUR RAMEUTER QUELQUES HOBEREAUX DU VIRON ET ME TENDRE UNE EMBUSCADE.
SOYEZ QUIET, MESSIRE BERTRAND ! JE VAIS BLOQUER LE CASTEL PENDANT TROIS JOURS. S'IL S'EN TROUVE À VOULOIR BOUGER, ILS TÂTERONT DU FER !
VOILÀ QUI EST PARLER, CHEVALIER !
LES ORDRES DE DÉPART ONT ÉTÉ HURLÉS. BRUITS FAMILIERS DES CHEVAUX QUI PIAFFENT, DES FERS QUI RÉSONNENT SUR LE SOL. SON MÉTALLIQUE DES ARMES, VOIX RAUQUES DES SOLDATS. HUGHES A SENTI LE LOURD CHARROI S'ÉBRANLER...
APRÈS LE FRACAS DES ROUES SUR LE PONT LEVIS, C'EST MAINTENANT LES CHAOS DU CHEMIN PIERREUX ET INÉGAL...
ALLEZ ! FOIN DE LARMOIEMENT ! SI TU VEUX REVOIR TON AMANT, C'EST À TOI DE JOUER, DE PRÉSENT.
CETTE DÉCOCTION DE PLANTES T'AIDERA À GARDER TON BÉBÉ.
MA PAUVRETTE, DANS QUEL ÉTAT CETTE BRUTE T'A MISE ?
J'AI ENTENDU GRAND TAPAGE CE MATINET DANS LA COUR BASSE !?
C'EST LE BAILLI QUI S'EN ALLAIT. IL EMMENAIT MESSIRE HUGHES À POITIERS.
30.

...L'AVAIT PAS FIÈRE ALLURE, NOTRE SIRE, ENCHAÎNÉ COMME GIBIER DE POTENCE. TSS... TU TIENS TA VENGEANCE, MA BELLE. L'A VOULU TE FAIRE JUGER, ET C'EST LUI QUI VA PASSER DEVANT LA JUSTICE DU COMTE ! OUAF !...
TU NE SEMBLES POINT AVOIR GRAND AMOR POUR LUI ...
POUAH ! TOUS CES SEIGNEURS, C'EST MÊME ENGEANCE. 'SE CROIENT PLUS PRÈS DE DIEU QUE NOUS AUTRES !
FFUIIIT
PIS L'AVAIT QU'À PAS TE REMPLACER DANS SA COUCHE PAR L'AUTRE MIJAURÉE. J'L'AI BIEN CONNUE, CELLE-LÀ, DU TEMPS DE SON PÈRE ENGUERRAN ...(*)
PUCELLE NE CONNAISSANT RIEN DE LA VIE, TOUJOURS À TE REGARDER DE HAUT... !??
!??
À LA VUE DE CELLE QUI PORTE L'ENFANT D'HUGHES, ALIX NE PEUT REFOULER LE PROFOND SENTIMENT DE JALOUSIE ET DE HAINE LARVÉE QUI MONTE EN ELLE.
QUE ME VEUX-TU ?
HUGHES M'A DIT QU'IL T'AVAIT PROMIS CUZION.
!?
C'EST VRAI ! POUR SON ENFANT...
TU AS DONC COMME MOI AVANTAGE À L'AIDER !
DANS MON ÉTAT, JE NE VOIS PAS CE QUE JE PEUX FAIRE POUR LUI.
TU CONNAIS LE CAMP DU BRIGAND HARRIBERT POUR Y AVOIR SÉJOURNÉ. LE CHEVALIER MATHIEU ICI PRÉSENT VOUDRAIT SAVOIR SI TU SAIS UN MOYEN D'Y PÉNÉTRER PAR SURPRISE...
31.

(*) CFR. TOME 1.

PLUSIEURS JOURS ONT PASSÉ. LA VIE DU CHÂTEAU A REPRIS SON COURS HABITUEL, ENDORMANT LA MÉFIANCE DES SOLDATS DE POITIERS. CE MATIN-LÀ, UNE FROIDE PLUIE D'AUTOMNE, ANNONCIATRICE D'UN HIVER PRÉCOCE, CINGLE LES HAUTS MURS DE CROZENC.
C'EST FOLIE QUE DE VENIR AVEC NOUS, DAME ALIX, JE...
VOUS VOUS RÉPÉTEZ, CHEVALIER ! SI NOUS RÉUSSISSONS, IL FAUDRA BIEN QUE JE GAGNE POITIERS. ALORS AUTANT FAUSSER COMPAGNIE AUX HOMMES DU BAILLI DÈS À PRÉSENT.
COMME VOUS VOULEZ...
HOLÀ, VOUS AUTRES ! PARÉS ?
OUI-DA !
OUI, MESSIRE.
COURTE-CUISSE, ÇA DIT QUOI DEHORS ?
TOUT EST QUIET, MESSIRE ! CE TEMPS DE CHIEN EST NOTRE ALLIÉ... LES SERGENTS DE FACTION À LA PORTE SE SONT ABRITÉS SOUS LA VOÛTE. ON SERA SUR EUX AVANT QU'ILS NOUS AIENT VUS ARRIVER.
ALORS, EN SELLE !
OUVREZ LES PORTES !
À PEINE LES PORTES SE SONT-ELLES OUVERTES QUE LES HOMMES DU CHEVALIER MATHIEU, SUIVIS D'ALIX, ÉPERONNANT SAUVAGEMENT LEURS MONTURES, ONT JAILLI DES ÉCURIES ET DÉBOULENT DANS LA BASSE COUR DE CROZENC...
32

EN UN INSTANT, ILS ATTEIGNENT LA PORTE PRINCIPALE, SEMANT LA PANIQUE PARMI LES HOMMES DE GARDE COMPLÈTEMENT SURPRIS.
TAILLE-HAUT !!
YAOOOH ! AU LARGE LA VERMINE !
CRÉ BON DIEU ! QUI C'ÉTAIENT ?
DAME, ABRUTI ! SÛREMENT PAS DES NÔTRES !
C'EST GRANDE CRUAUTÉ DE LAISSER DEBOUT CETTE DAME QUI EST SANS FORCES...
TAIS-TOI, VIEILLE HARPIE, OU JE TE FAIS PENDRE AU MITAN DE LA COUR !
ET TOI, PRENDS GARDE À NE PAS LASSER MA PATIENCE ! POUR LA DERNIÈRE FOIS... QUI ÉTAIENT CES HOMMES ET QUEL ÉTAIT LEUR BUT ?
TU ES LA DAME DE CROZENC. TU NE ME FERAS PAS ACCROIRE QUE TU IGNORES CE QU'ILS COMPLOTENT !
LAS, MESSIRE, JE VOUS JURE QUE JE NE SAIS RIEN DE LEURS MANIGANCES...
CROYEZ-MOI ! JE...
ASSEZ !
TANT PIS POUR TOI ! JE T'AVAIS PRÉVENUE... TU AS UNE HEURE POUR FAIRE TON BALUCHON ET QUITTER LE CHÂTEAU.
33.

TU PEUX EMMENER UN SERVITEUR AVEC TOI...
!?
MESSIRE, PITIÉ POUR ELLE. ELLE EST GROSSE DE SIX MOIS...
PAFF
ÇA ME DÉMANGEAIT DEPUIS LONGTEMPS, LA VIEILLE. TU L'AS PAS VOLÉE, CELLE-LÀ !...
T'AS AUSSI GAGNÉ LE DROIT DE PARTIR AVEC L'AUTRE RIBAUDE.
POURQUOI T'AS RIEN DIT À CET OBSTINÉ ? TE V'LÀ BIEN SUR LES ROUTES DANS TON ÉTAT !
TU LE SAIS, MAHAUT. POUR CUZION...
TU PENSES RÉELLEMENT QUE CE COQ ARROGANT DE HUGHES TE DONNERA CUZION ?
JE... JE LE CROIS HOMME D'HONNEUR ET DE PAROLE.
PLUS QUE CE CHIEN GALEUX DE RAVENAUD, EN TOUT CAS, QUI N'A PAS HÉSITÉ À ME LIVRER EN PÂTURE À HARRIBERT.
S'IL TIENT PAROLE, VOIS-TU, JE N'AI RIEN À PERDRE ET TOUT À GAGNER...
TU AS DÉJÀ DE L'OR POURTANT !?
QUE VAUT DE L'OR À CÔTÉ D'UN BON FIEF AVEC FRANCS ALLEUX ?
34.

HUM... PEUT-ÊTRE AS-TU RAISON, FINALEMENT...
DANS CE CAS, IL SERAIT BON DE L'AIDER À CONSERVER CROZENC, CAR JE NE CROIS PAS QUE CETTE SOTTE CAILLETTE D'ALIX Y ARRIVERA.
!??TU... TU CONNAÎTRAIS UN MOYEN POUR ÇA?...
PEUT-ÊTRE, MA BELLE... PEUT-ÊTRE... N'OUBLIE PAS QUE J'AI VÉCU AU CHÂTEAU AVANT LA NAISSANCE D'HUGHES. J'AI CONNU MESSIRE RENAUD ET DAME HÉLOÏSE!(*)
M'EN DIRAS-TU UN PEU PLUS?
HUM... PLUS TARD...
D'ABORD ON VA CHERCHER REFUGE À BOURGAZEAU. J'Y SUIS CONNUE, ON NOUS Y ACCUEILLERA BIEN.
DANS QUELQUES JOURS, QUAND TU AURAS REPRIS DES FORCES, ON RENDRA VISITE AU PRIEUR GUILLAUME QUI DIRIGE LA COMMUNAUTÉ DE LA FORÊT...
...S'IL EST TOUJOURS VIVANT.
NOLWENN N'A PAS MENTI. LA GROTTE A BIEN UNE ISSUE EN HAUT DE LA FALAISE...
35.

(*) CFR TOME 1.

L'ENNUI, C'EST QU'ELLE EST GARDÉE. CES BANDITS SONT ORGANISÉS COMME VÉRITABLE GARNISON DE CASTEL.
IMPOSSIBLE DE L'APPROCHER PAR SURPRISE, LE TERRAIN EST NU COMME LA MAIN.
ANSELME, AVEC TON ARC, TU CROIS QUE...
HUM... IL EST LOIN, MESSIRE. SI JE L'ATTEINS SANS LE TUER NET, IL VA GUEULER COMME GORET QU'ON ÉGORGE ET DONNER L'ALERTE !
PAR LE DIABLE, ON VA QUAND MÊME PAS ÉCHOUER POUR UNE MALHEUREUSE SENTINELLE...
IL FAUT USER DE RUSE, CHEVALIER. J'AI BIEN UNE IDÉE, MAIS JE SOUHAITERAIS POUR CELA QUE VOS HOMMES SE RETIRENT À L'INTÉRIEUR DU BOIS.
!?? QUE... QUE MES HOMMES SE RETIRENT...?
SI FAIT, MESSIRE ! ACCORDEZ-MOI CONFIANCE !
GUÉDIN LE TARDIF, ÂME RUSTRE ET CRÉDULE, DÉTESTE LA NUIT CAR IL SAIT DEPUIS TOUJOURS QU'ELLE EST LE ROYAUME DES MORTS, DES FARFADETS ET AUTRES ESPRITS MALFAISANTS...
AUSSI, QUAND IL APERÇOIT UNE TACHE CLAIRE PRESQUE IRRÉELLE SORTIR DE L'OBSCURITÉ, N'EST-IL D'ABORD QU'À MOITIÉ SURPRIS...
POURTANT INQUIET, IL REGARDE SANS RÉAGIR L'ÉTRANGE APPARITION AVANCER VERS LUI, SE PERSUADANT PEU À PEU QU'IL S'AGIT D'UNE FÉE...
FASCINÉ PAR CETTE NUDITÉ ANACHRONIQUE ET SUBLIME, GUÉDIN EST OBLIGÉ DE SE PINCER POUR AVOIR LA CERTITUDE QU'IL NE RÊVE PAS.
36.

CORNEGIGOUILLE ! QUE ME VEUX-TU, FAILLIE CRÉATURE ? JE N'AI JAMAIS ATTENTÉ À LA VIE DES ÊTRES DE LA FORÊT, ALORS NE T'EN PRENDS PAS À MOI ET PASSE TON CHEMIN !
JE NE TE VEUX POINT DE MAL. J'AI ÉTÉ ENVOYÉE PAR LES ESPRITS BONS POUR QUE TU ME FÉCONDES...
!?? POUR QUE JE TE....!?
TU Y TROUVERAS MOULT PLAISEMENT, CROIS-MOI !...
AH, ÉVIDEMMENT ! SI TU ME PRENDS PAR LES SENTIMENTS...
ANÉANTIE PAR LA TENSION TROP FORTE QU'ELLE VIENT DE SUBIR, ALIX RESTE UN LONG MOMENT HÉBÉTÉE, INSENSIBLE AU FROID, À CONTEMPLER SA VICTIME...
JE L'AI FAIT... JE L'AI FAIT... MON DIEU, PARDONNEZ-MOI !
DAME ALIX ! POURQUOI N'AVEZ-VOUS POINT FAIT LE SIGNAL CONVENU ? J'ÉTAIS MORT D'INQUIÉTUDE !...
COUVREZ-VOUS, DAME ALIX, VOUS ALLEZ ATTRAPER LA MALEMORT...
J'AI TUÉ UN HOMME... C'EST LA PREMIÈRE FOIS QUE JE TUE UN HOMME...
VOUS AVEZ AGI AVEC FORCE VERTU, DIGNE D'UN PREUX CHEVALIER, DAME. VOUS POUVEZ EN ÊTRE FIÈRE.
QUANT À CE MÉCRÉANT VOUÉ À L'ENFER, DIEU M'EST TÉMOIN QUE LÀ-HAUT ON NE VOUS EN TIENDRA PAS RIGUEUR !
HABILLEZ-VOUS, DAME. MES HOMMES VONT ARRIVER...
37.

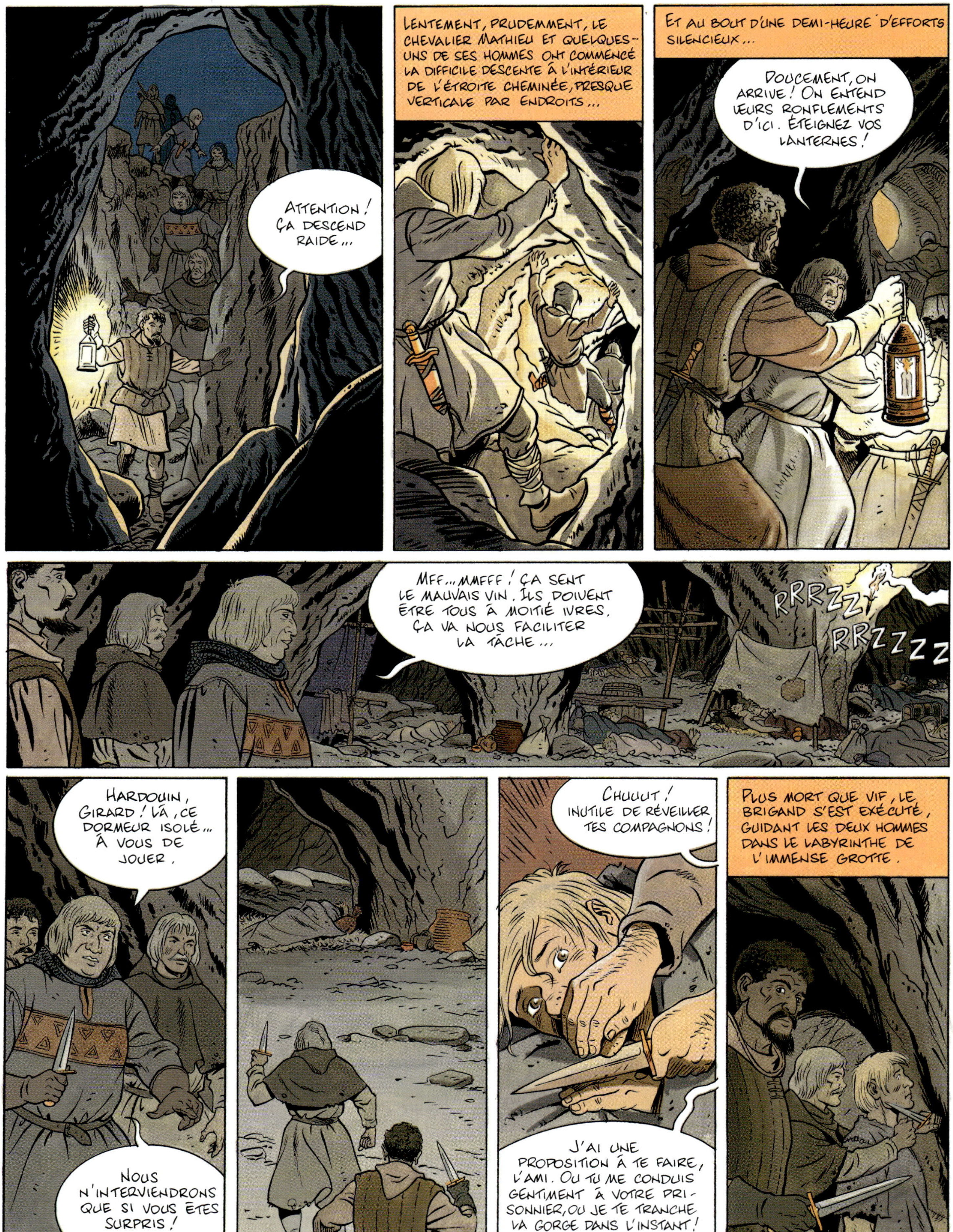
ATTENTION ! ÇA DESCEND RAIDE...
LENTEMENT, PRUDEMMENT, LE CHEVALIER MATHIEU ET QUELQUES-UNS DE SES HOMMES ONT COMMENCÉ LA DIFFICILE DESCENTE À L'INTÉRIEUR DE L'ÉTROITE CHEMINÉE, PRESQUE VERTICALE PAR ENDROITS...
ET AU BOUT D'UNE DEMI-HEURE D'EFFORTS SILENCIEUX...
DOUCEMENT, ON ARRIVE ! ON ENTEND LEURS RONFLEMENTS D'ICI. ÉTEIGNEZ VOS LANTERNES !
MFF... MMFFF ! ÇA SENT LE MAUVAIS VIN. ILS DOIVENT ÊTRE TOUS À MOITIÉ IVRES. ÇA VA NOUS FACILITER LA TÂCHE...
RRRZZZ
RRZZZZ
HARDOUIN, GIRARD ! LÀ, CE DORMEUR ISOLÉ... À VOUS DE JOUER.
NOUS N'INTERVIENDRONS QUE SI VOUS ÊTES SURPRIS !
CHUUUT ! INUTILE DE RÉVEILLER TES COMPAGNONS !
J'AI UNE PROPOSITION À TE FAIRE, L'AMI. OU TU ME CONDUIS GENTIMENT À VOTRE PRISONNIER, OU JE TE TRANCHE LA GORGE DANS L'INSTANT !
PLUS MORT QUE VIF, LE BRIGAND S'EST EXÉCUTÉ, GUIDANT LES DEUX HOMMES DANS LE LABYRINTHE DE L'IMMENSE GROTTE.
38.

C'EST... C'EST LUI.
MERCI, L'AMI !
PAIX À TON ÂME !
PAR LA VIERGE ! QUE FONT-ILS ? IL Y A PLUS D'UNE HEURE DE RELEVÉE QU'ILS SONT DESCENDUS DANS CE FAILLI TROU ! JE VAIS...
GENTE DAME, ATTENDEZ ! IL ME SEMBLE QUE J'AI VU BOUGER VERS L'ENTRÉE DE...
OUI... CE SONT EUX !
ENFIN, MESSIRE ! JE ME FAISAIS DU MAUVAIS SANG... VOUS AVEZ RÉUSSI ?
PFFF... DAME PFF... ALIX, JE VOUS PRÉSENTE OULFAUT DE CASTELNAU.
!?? UNE FEMME ?
EST-CE À VOUS, DAME, QUE JE DOIS CETTE DÉLIVRANCE INATTENDUE ?
EN QUELQUE SORTE, MESSIRE !
MAIS VOUS N'ÊTES PAS LIBRE POUR AUTANT. SIMPLEMENT VOUS CHANGEZ DE GEÔLE.
!? QUE SIGNIFIE...?
PLUS TARD, LES BABILLAGES ! POUR L'HEURE, IL NOUS IMPORTE DE METTRE LE PLUS DE DISTANCE ENTRE NOUS ET CES TIRE-LAINE.
GAGNONS AU PLUS VITE MA MAISON FORTE DES GUÉRETS. LES DÉFENSES Y SONT SOLIDES ET VOTRE PRISONNIER Y SERA BIEN GARDÉ.
CHEVALIER, SI JE RÉUSSIS À SAUVER HUGHES, JE JURE SUR LA CROIX QUE VOUS N'AUREZ PAS AFFAIRE À UNE INGRATE...
GRAND MERCI, DAME ALIX. MAIS JE NE FAIS QUE MON DEVOIR DE LOYAL FÉAL.
39.

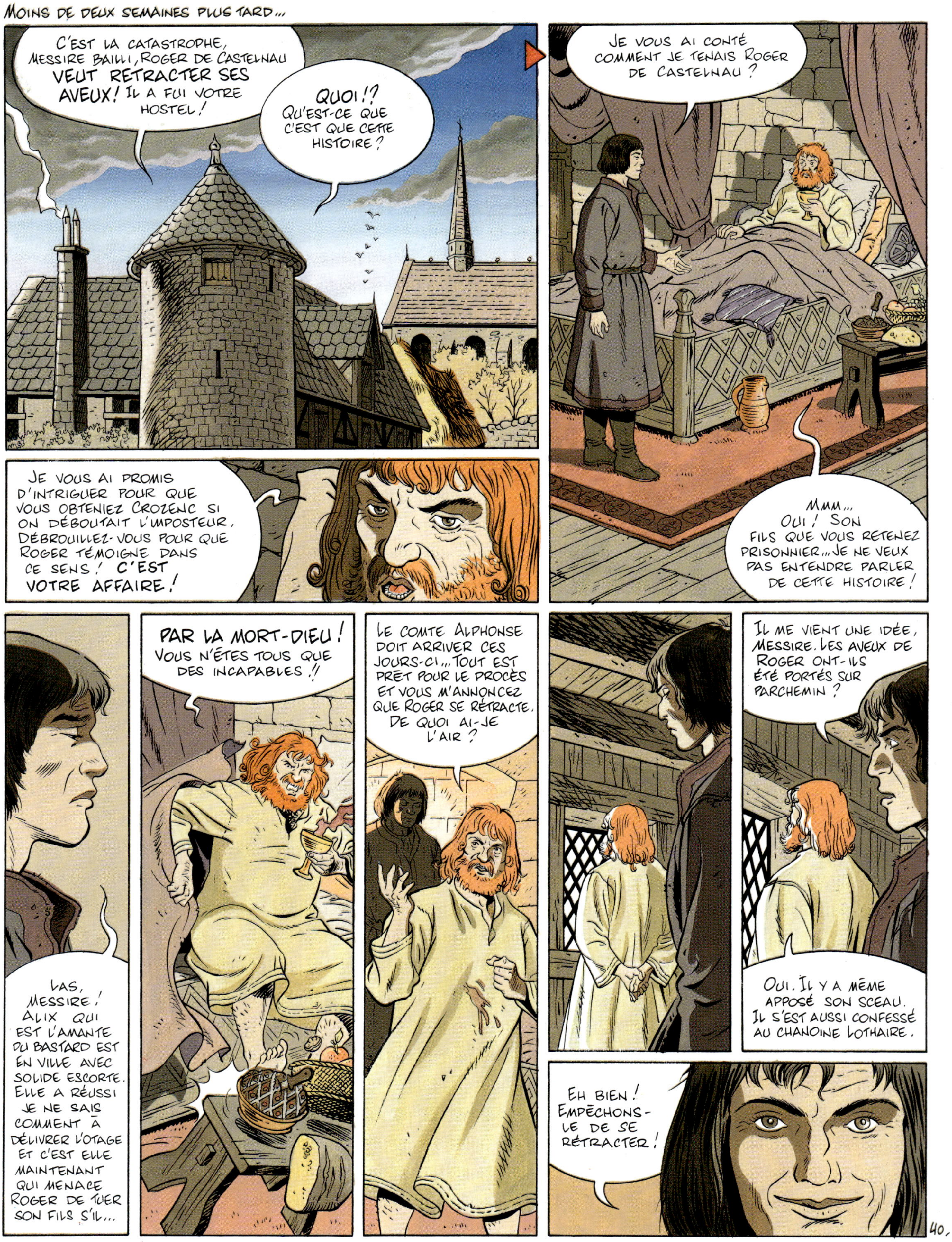
Moins de deux semaines plus tard...
C'est la catastrophe, messire bailli, Roger de Castelnau veut rétracter ses aveux ! Il a fui votre hostel !
Quoi !? Qu'est-ce que c'est que cette histoire ?
Je vous ai conté comment je tenais Roger de Castelnau ?
Mmm... Oui ! Son fils que vous retenez prisonnier... Je ne veux pas entendre parler de cette histoire !
Je vous ai promis d'intriguer pour que vous obteniez Crozenc si on déboutait l'imposteur. Débrouillez-vous pour que Roger témoigne dans ce sens ! C'est votre affaire !
Las, messire ! Alix qui est l'amante du bastard est en ville avec solide escorte. Elle a réussi je ne sais comment à délivrer l'otage et c'est elle maintenant qui menace Roger de tuer son fils s'il...
Par la mort-Dieu ! Vous n'êtes tous que des incapables !!
Le comte Alphonse doit arriver ces jours-ci... Tout est prêt pour le procès et vous m'annoncez que Roger se rétracte. De quoi ai-je l'air ?
Il me vient une idée, messire. Les aveux de Roger ont-ils été portés sur parchemin ?
Oui. Il y a même apposé son sceau. Il s'est aussi confessé au chanoine Lothaire.
Eh bien ! Empêchons-le de se rétracter !
40.

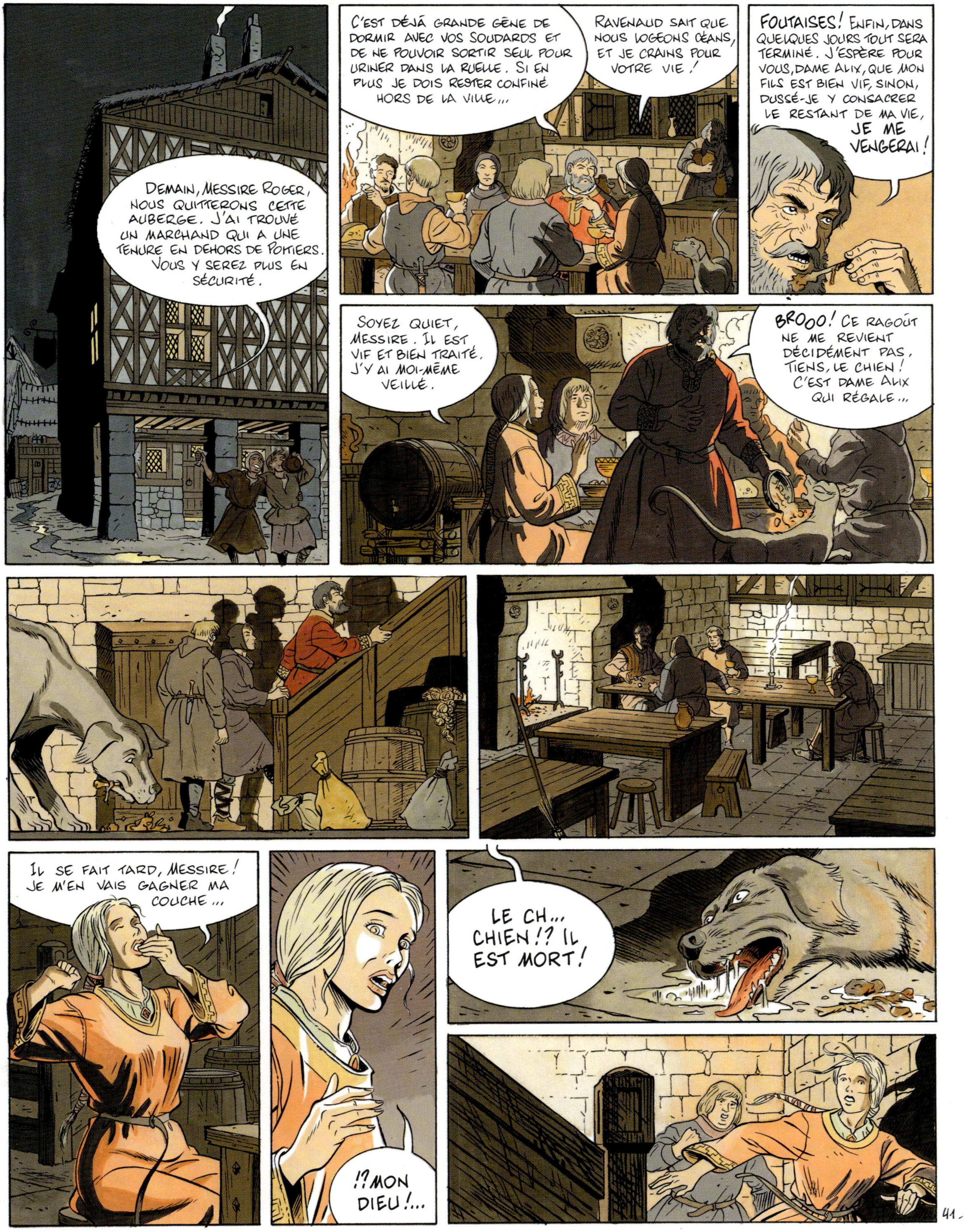

Demain, Messire Roger, nous quitterons cette auberge. J'ai trouvé un marchand qui a une tenure en dehors de Poitiers. Vous y serez plus en sécurité.
C'est déjà grande gêne de dormir avec vos soudards et de ne pouvoir sortir seul pour uriner dans la ruelle. Si en plus je dois rester confiné hors de la ville...
Ravenaud sait que nous logeons céans, et je crains pour votre vie !
Foutaises ! Enfin, dans quelques jours tout sera terminé. J'espère pour vous, Dame Alix, que mon fils est bien vif, sinon, dussé-je y consacrer le restant de ma vie, JE ME VENGERAI !
Soyez quiet, Messire. Il est vif et bien traité. J'y ai moi-même veillé.
BROOO ! Ce ragoût ne me revient décidément pas. Tiens, le chien ! C'est Dame Alix qui régale...
Il se fait tard, Messire ! Je m'en vais gagner ma couche...
Le ch... chien !? Il est mort !
!? Mon Dieu !...
41.

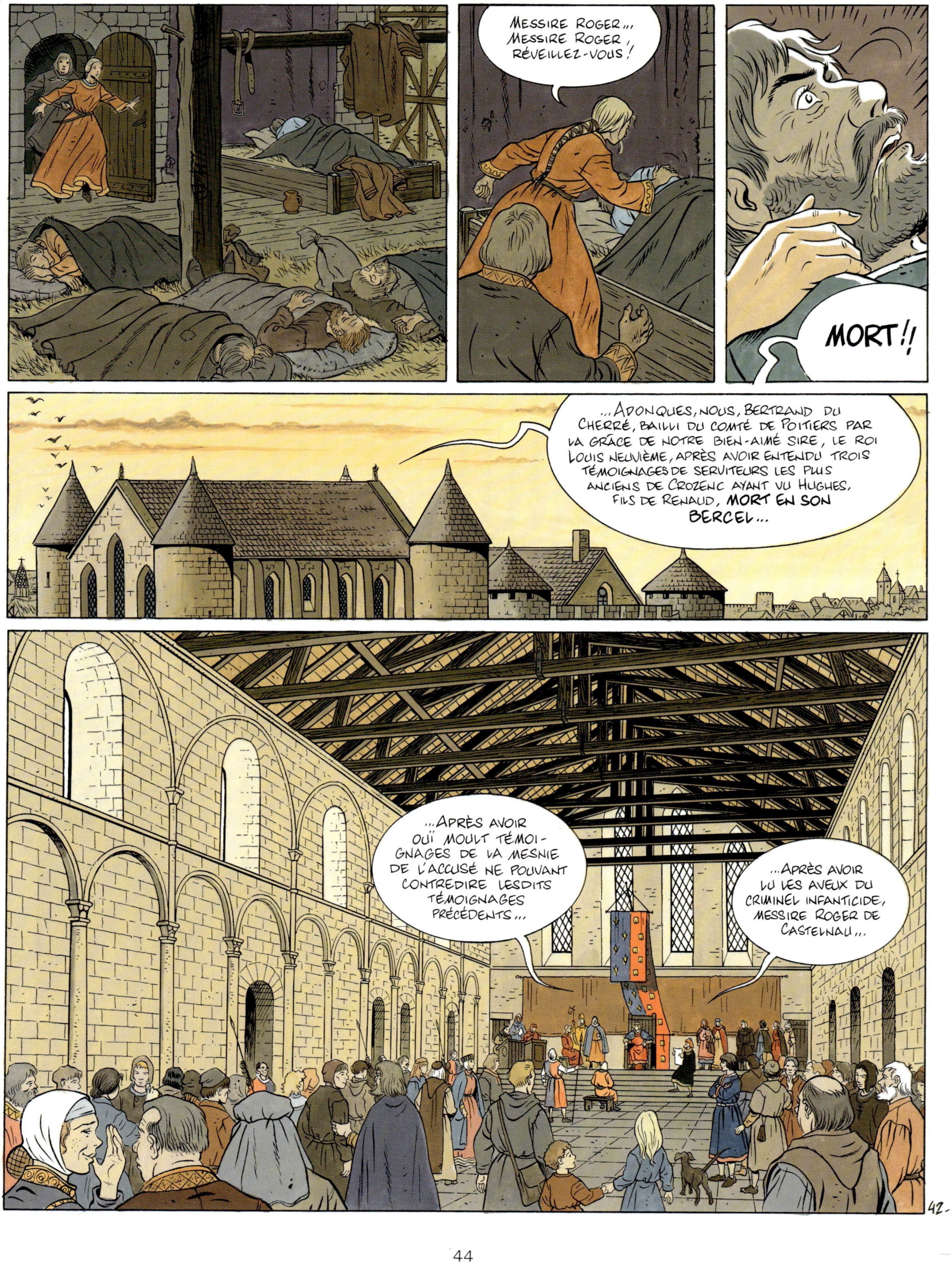
MESSIRE ROGER... MESSIRE ROGER, RÉVEILLEZ-VOUS !
MORT !!
...ADONQUES, NOUS, BERTRAND DU CHERRÉ, BAILLI DU COMTÉ DE POITIERS PAR LA GRÂCE DE NOTRE BIEN-AIMÉ SIRE, LE ROI LOUIS NEUVIÈME, APRÈS AVOIR ENTENDU TROIS TÉMOIGNAGES DE SERVITEURS LES PLUS ANCIENS DE CROZENC AYANT VU HUGHES, FILS DE RENAUD, MORT EN SON BERCEL...
...APRÈS AVOIR OUÏ MOULT TÉMOIGNAGES DE LA MESNIE DE L'ACCUSÉ NE POUVANT CONTREDIRE LESDITS TÉMOIGNAGES PRÉCÉDENTS...
...APRÈS AVOIR LU LES AVEUX DU CRIMINEL INFANTICIDE, MESSIRE ROGER DE CASTELNAU...
42-

NOUS MAINTENONS NOTRE ACCUSATION DE FORFAITURE, D'USURPATION DE TITRE ET DE BIENS À L'ENCONTRE DE CET HOMME SORTI DIEU SEUL SAIT DE QUEL VENTRE, MAIS ASSURÉMENT POINT DE CELUI DE NOBLE DAME HÉLOÏSE...
POUR CE FAIT SACRILÈGE, NOUS RÉCLAMONS JUSTICE À NOTRE TRÈS SAGE ET TRÈS PUISSANT COMTE DE POITOU ET D'AUVERGNE, MESSIRE ALPHONSE, FRÈRE DU ROI !
QUELQUES MURMURES ÉPARS ONT SUIVI L'ACCABLANT RÉQUISITOIRE. JUBILANT INTÉRIEUREMENT MAIS N'EN LAISSANT RIEN PARAÎTRE, LE BAILLI, LENTEMENT, A REGAGNÉ SA PLACE SANS MÊME JETER UN REGARD VERS HUGHES PROSTRÉ SUR SON BANC.
UN LONG MOMENT S'ÉCOULE DURANT LEQUEL LE JEUNE COMTE ÉCOUTE SES CONSEILLERS UN À UN. L'ASSISTANCE VENUE EN NOMBRE DE TOUTE LA RÉGION ATTEND MAINTENANT AVEC IMPATIENCE LA SENTENCE, ESPÉRANT SECRÈTEMENT QUELQUES SUPPLICES TOUJOURS APPRÉCIÉS AVANT UNE MISE À MORT. SOUDAIN...
LAISSEZ-MOI PASSER ! JE SUIS SON ÉPOUSÉE ! LAISSEZ-MOI PASSER !
MESSIRE COMTE, VOUS AVEZ RÉPUTATION DE BONTÉ ET D'ÉQUITÉ. QU'IL PLAISE À VOTRE SEIGNEURIE D'ÉCOUTER LE TÉMOIGNAGE DE CETTE VIEILLE FEMME QUI VOUS AIDERA À RENDRE BONNE JUSTICE !
DEVANT L'OUTRECUIDANCE DE CETTE INTERVENTION, UN IMMENSE BROUHAHA DÉSAPPROBATEUR A ENVAHI LA SALLE. COMME UNE TEMPÊTE SOUDAINE, LA CACOPHONIE DES VOIX, APRÈS AVOIR DÉMESURÉMENT ENFLÉ RETOMBE TOUT AUSSI RAPIDEMENT...
MESSIRE ALPHONSE VEUT BIEN ENTENDRE LA VIEILLE, MAIS IL ESPÈRE POUR TOI QUE SES PROPOS SERONT DE NATURE À LUI FAIRE OUBLIER TON IMPERTINENCE.
SERGENTS, LAISSEZ PASSER !
!?? NOLWENN !? AVEC MAHAUT...?
43.

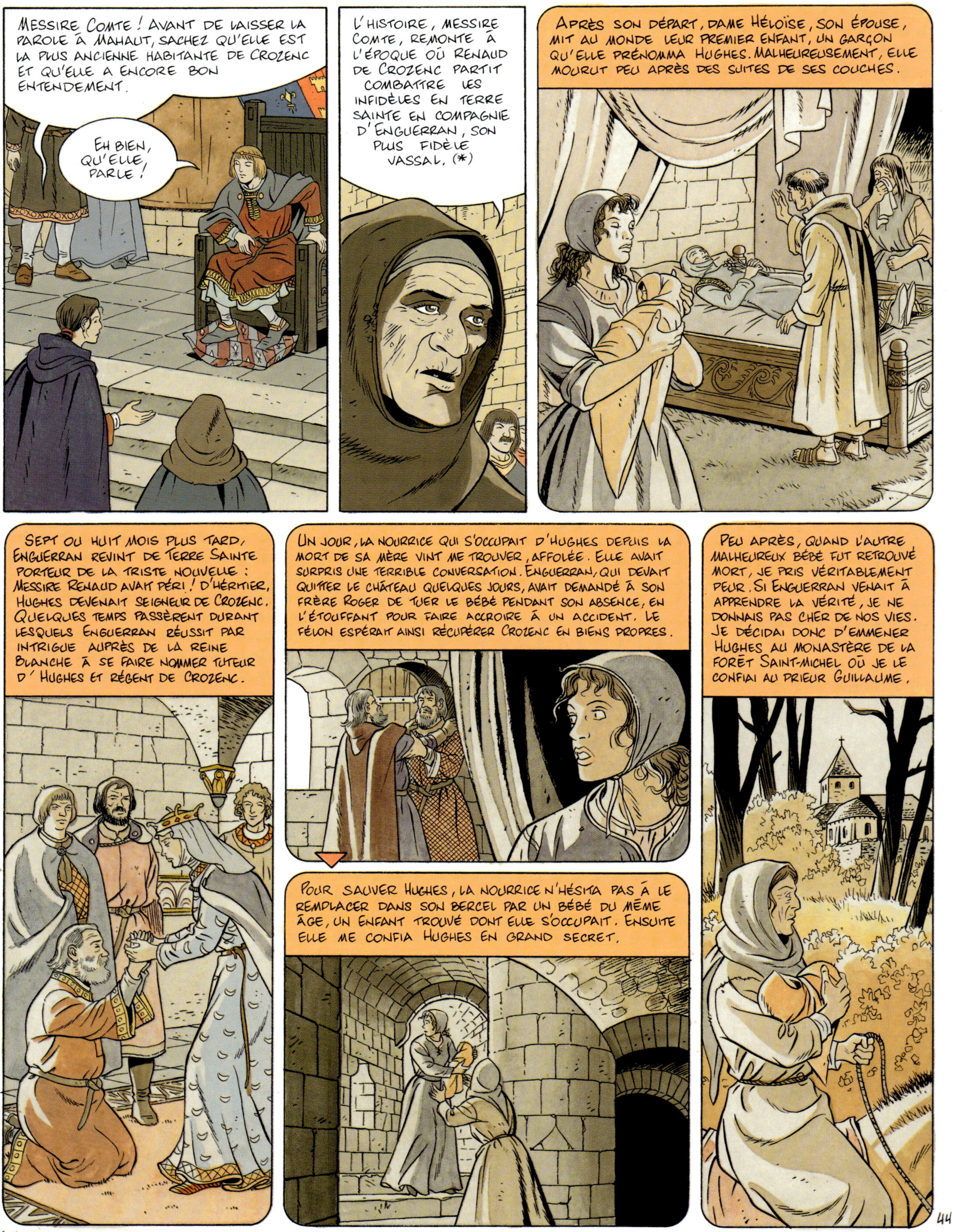
MESSIRE COMTE ! AVANT DE LAISSER LA PAROLE À MAHAUT, SACHEZ QU'ELLE EST LA PLUS ANCIENNE HABITANTE DE CROZENC ET QU'ELLE A ENCORE BON ENTENDEMENT.
EH BIEN, QU'ELLE PARLE !
L'HISTOIRE, MESSIRE COMTE, REMONTE À L'ÉPOQUE OÙ RENAUD DE CROZENC PARTIT COMBATTRE LES INFIDÈLES EN TERRE SAINTE EN COMPAGNIE D'ENGUERRAN, SON PLUS FIDÈLE VASSAL. (*)
APRÈS SON DÉPART, DAME HÉLOÏSE, SON ÉPOUSE, MIT AU MONDE LEUR PREMIER ENFANT, UN GARÇON QU'ELLE PRÉNOMMA HUGHES. MALHEUREUSEMENT, ELLE MOURUT PEU APRÈS DES SUITES DE SES COUCHES.
SEPT OU HUIT MOIS PLUS TARD, ENGUERRAN REVINT DE TERRE SAINTE PORTEUR DE LA TRISTE NOUVELLE : MESSIRE RENAUD AVAIT PÉRI ! D'HÉRITIER, HUGHES DEVENAIT SEIGNEUR DE CROZENC. QUELQUES TEMPS PASSÈRENT DURANT LESQUELS ENGUERRAN RÉUSSIT PAR INTRIGUE AUPRÈS DE LA REINE BLANCHE À SE FAIRE NOMMER TUTEUR D'HUGHES ET RÉGENT DE CROZENC.
UN JOUR, LA NOURRICE QUI S'OCCUPAIT D'HUGHES DEPUIS LA MORT DE SA MÈRE VINT ME TROUVER, AFFOLÉE. ELLE AVAIT SURPRIS UNE TERRIBLE CONVERSATION. ENGUERRAN, QUI DEVAIT QUITTER LE CHÂTEAU QUELQUES JOURS, AVAIT DEMANDÉ À SON FRÈRE ROGER DE TUER LE BÉBÉ PENDANT SON ABSENCE, EN L'ÉTOUFFANT POUR FAIRE ACCROIRE À UN ACCIDENT. LE FÉLON ESPÉRAIT AINSI RÉCUPÉRER CROZENC EN BIENS PROPRES.
POUR SAUVER HUGHES, LA NOURRICE N'HÉSITA PAS À LE REMPLACER DANS SON BERCEL PAR UN BÉBÉ DU MÊME ÂGE, UN ENFANT TROUVÉ DONT ELLE S'OCCUPAIT. ENSUITE ELLE ME CONFIA HUGHES EN GRAND SECRET.
PEU APRÈS, QUAND L'AUTRE MALHEUREUX BÉBÉ FUT RETROUVÉ MORT, JE PRIS VÉRITABLEMENT PEUR. SI ENGUERRAN VENAIT À APPRENDRE LA VÉRITÉ, JE NE DONNAIS PAS CHER DE NOS VIES. JE DÉCIDAI DONC D'EMMENER HUGHES AU MONASTÈRE DE LA FORÊT SAINT-MICHEL OÙ JE LE CONFIAI AU PRIEUR GUILLAUME.
44

(*) CFR. TOME 1.

C'EST LÀ QUE, BIEN DES ANNÉES PLUS TARD, SIGWALD LE RETROUVA. LA SUITE DE L'HISTOIRE EST CONNUE DE TOUT LE MONDE...
UN SILENCE DE PLOMB S'EST ABATTU SUR L'ASSISTANCE MÉDUSÉE QUI RETIENT SON SOUFFLE.
TON TÉMOIGNAGE N'APPORTE RIEN DE NOUVEAU, LA VIEILLE. NOUS SAVIONS DÉJÀ QUE L'ACCUSÉ VENAIT D'UN MONASTÈRE !
AU COURS DU PROCÈS, QUELQUES VIEUX MOINES VENUS TÉMOIGNER ONT EFFECTIVEMENT RECONNU EN L'ACCUSÉ L'ENFANT QUI FUT JADIS ÉLEVÉ PAR EUX MAIS DONT ILS IGNORAIENT LES ORIGINES ! SEUL LE PRIEUR GUILLAUME LES CONNAISSAIT.
OR LE PRIEUR GUILLAUME EST MORT ! ALORS QUI NOUS PROUVE, HORMIS TES RACONTARS, QUE L'ENFANT DU MONASTÈRE EST BIEN HUGHES DE CROZENC ?
CE PARCHEMIN, MESSIRE, RÉDIGÉ DE LA MAIN MÊME DE L'AUMÔNIER DE CROZENC, FRÈRE ANSELME ! CE PARCHEMIN QUE JE DONNAI À FRÈRE GUILLAUME AVEC LE BÉBÉ ET QUE NOUS AVONS EU GRAND MAL À RETROUVER DANS LES ARCHIVES DU MONASTÈRE.
IL Y EST ÉCRIT QU'AVANT DE MOURIR DAME HÉLOÏSE, SENTANT LA VIE LUI ÉCHAPPER, AVAIT ORDONNÉ QUE SON FILS FUT MARQUÉ D'UN SIGNE POUVANT L'IDENTIFIER POUR TOUJOURS...
RASEZ SES CHEVEUX ! SI CET HOMME EST BIEN HUGHES DE CROZENC, FILS DE RENAUD ET DE DAME HÉLOÏSE, VOUS TROUVEREZ SUR SON CRÂNE LES TROIS TÊTES D'AIGLE QUE J'Y AI JADIS DESSINÉES À L'ENCRE EN PIQUANT LA PEAU !
45.

QUELQUE QUESTION ME TURLUPINE, FEMME MAHAUT...
TOUT COMME MOI, SIGWALD IGNORAIT QUE J'AVAIS LES ARMOIRIES DE CROZENC GRAVÉES SUR LE CUIR DU CRÂNE CAR IL NE M'EN A JAMAIS PARLÉ. ALORS COMMENT A-T-IL SU EN ME TROUVANT AU MONASTÈRE QUE J'ÉTAIS LE FILS DE RENAUD ?
IL NE LE SAVAIT PAS ! POUR LUI HUGHES DE CROZENC ÉTAIT MORT. SANS DOUTE EN TE VOYANT AVAIT-IL TROUVÉ, COMME LE FAIT DU HASARD, UNE RESSEMBLANCE AVEC SON SEIGNEUR RENAUD...
CONNAISSANT SON IRRESPECT DES VALEURS DE NOTRE ÉPOQUE IL N'AVAIT PAS DÛ HÉSITER LONGTEMPS POUR RESSUSCITER HUGHES DE CROZENC ET JOUER UN TOUR AU DESTIN...
ET TOI, POURQUOI NE M'AS-TU JAMAIS RÉVÉLÉ CE SECRET ?
JE T'AI SOUVENT VU TOURMENTÉ, COMME EN PROIE À UNE LUTTE INTÉRIEURE. J'IMAGINAIS QUE SIGWALD T'AVAIT RÉVÉLÉ SA VÉRITÉ. IL ME PLAISAIT DE SAVOIR QUE NOTRE SEIGNEUR SE CRÛT UN BASTARD. CELA LE RENDAIT MOINS FIER ET MOINS ARROGANT.
ET PUIS, JE N'AIMAIS PAS LA FAÇON DONT TU TRAITAIS NOLWENN...
QUANT NOTRE MARIAGE SERA ANNULÉ, ELLE AURA CUZION COMME PROMIS... TU POURRAS L'Y SUIVRE SI TU LE SOUHAITES.
MON SEUL REGRET, VOIS-TU, MON AIMÉE, C'EST QUE RAVENAUD M'ÉCHAPPE. IL A DISPARU APRÈS LE PROCÈS SANS DEMANDER SON RESTE...
MON SEUL SOUCI, À MOI, C'EST QUE TU SOIS FINALEMENT LE VRAI SEIGNEUR DE CROZENC !
POURRAI-JE CONTINUER D'AIMER UN HOMME FIER ET ARROGANT ?...
46.
PPERRET. + KRAEHN

DES MÊMES AUTEURS AUX ÉDITIONS GLÉNAT

JEAN-CHARLES KRAEHN

Les Aigles décapitées
Tomes 1 à 3, avec Patrice Pellerin au scénario
Tome 4
Tomes 5 à 13, avec Michel Pierret au dessin

Bout d'homme
Tomes 1 à 4

Gil Saint-André
Tomes 1 et 2
Tomes 3 à 8 , avec Sylvain Vallée au dessin

Le Ruistre
Tomes 1 et 2

Le Triangle Secret
Tome 3, collectif

Mission Vietnam
Croquis de voyage avec Patrick Jusseaume et Serge Le Tendre

MICHEL PIERRET

Les Aigles décapitées
Tomes 5 à 13, avec Jean-Charles Kraehn au scénario
Tomes 14 à 18, avec Erik Arnoux au scénario

Hidalgos,
Tome 1, avec Marco Venanzi

Les Déesses
Tome 1, avec Jacques Denoël au dessin